अक्स

रमा

Made with ♥ on the Notion Press Platform
www.notionpress.com

मेरे जीवन के सबसे खास तीन लोग,
मम्मी, पापा और मेरे गुरु,

मैं दिल से आपका धन्यवाद कहना चाहती हूँ। आप तीनों ने ही मुझे हमेशा इतना प्यार, समझ और प्रेरणा दी कि आज मैं अपने मन की बातें शब्दों में ढाल पा रही हूँ।

मम्मी-पापा, आपने मुझे हमेशा भरोसा दिया कि मैं कुछ भी कर सकती हूँ। आपकी हिम्मत भरी आँखों में जब मैं खुद को देखती हूँ, तो लगता है कि मैं वाकई कुछ खास हूँ। आपकी गोद और दुलार ने ही मेरी सोच को पंख दिए हैं।

और गुरु जी, आपके शब्द, आपकी सिखाई गई बातें और आपका विश्वास मेरे अंदर एक नई रोशनी जगा गए। आपने ही सिखाया कि विचारों को काग़ज़ पर उतारना सिर्फ़ लेखन नहीं, आत्मा की अभिव्यक्ति है।

आज मैं जो कुछ भी लिख पा रही हूँ, जो सोच पा रही हूँ, वो सब आपकी बदौलत है।
आप तीनों की छाया में मुझे मेरा अक्स (प्रतिबिंब) मिला है।

ढेर सारा प्यार और दिल से आभार
आपकी अपनी,
(रेश्मा रमा)

क्रम-सूची

प्रस्तावना

कभी-कभी, imagination और reality के बीच की दीवार इतनी पतली हो जाती है कि हमें समझ ही नहीं आता कि जो हो रहा है, वो सच है या सिर्फ हमारे दिमाग का खेल। जब हमारे सामने कोई परछाई चलती दिखे, कोई फुसफुसाहट सुनाई दे, या कोई अनदेखी शक्ति हमारे आसपास महसूस हो—तो क्या वो हमारी सोच का हिस्सा होता है, या सच में कुछ ऐसा होता है जो हमारी आँखें पूरी तरह से देख नहीं पातीं?

"अक्स " ऐसी ही एक कहानी है, जो तुम्हें सोचने पर मजबूर कर देगी कि जो कुछ भी तुम्हारे सामने है, वो असली है या महज़ एक भ्रम।

यह कहानी है रुद्रांश की, जो एक introverted writer है। उसकी दुनिया किताबों, कहानियों और कल्पनाओं तक ही सीमित है। अपने नए novel के लिए inspiration की तलाश में, वह एक पुरानी, सुनसान और haunted मानी जाने वाली cabin में रहने का फैसला करता है। यह cabin सालों से खाली पड़ी है, और इसके बारे में कई डरावनी कहानियाँ प्रचलित हैं। लेकिन रुद्रांश को इन बातों पर विश्वास नहीं। उसे लगता है कि डर सिर्फ एक psychological concept है, और यह cabin उसे अपनी किताब के लिए perfect atmosphere दे सकती है।

लेकिन जैसे ही वह cabin में कदम रखता है, अजीब चीज़ें होने लगती हैं। हवा में एक अजीब-सा heaviness महसूस होता है, जैसे कोई उसे देख रहा हो। रात को जब वह लिखने बैठता है, तो उसके laptop का screen अचानक खुद-ब-खुद flicker करने लगता है, files delete हो जाती हैं, और कभी-कभी तो बिना टच किए ही laptop shutdown हो जाता है। एक रात, जब वह पुरानी चीज़ों को explore करता है, तो उसे एक dusty diary मिलती है। जैसे ही वह उसे खोलता है, उसके पन्ने अपने-आप पलटने लगते हैं, मानो कोई अदृश्य हाथ उसे पढ़ने के लिए मजबूर कर रहा हो। और फिर, whispers... धीमी, रहस्यमयी, किसी अनजाने दर्द से भरी आवाज़ें—जो उसके कानों में गूंजने लगती हैं।

फिर उसकी मुलाकात होती है हेमलता से—एक रहस्यमयी, mesmerizing औरत, जो न जाने कैसे उसी cabin में रहती है। उसकी आँखों में एक गहरी उदासी है, लेकिन उसकी मुस्कान में एक ऐसा charm है, जो रुद्रांश को बार-बार उसकी ओर खींचता है। वह उसे समझाने की कोशिश करती है कि वह इस cabin में अकेला नहीं है। लेकिन हेमलता कौन है? क्या वह उसकी मदद करने आई है, या फिर वह भी इस खौफनाक खेल का एक हिस्सा है?

जैसे-जैसे रुद्रांश इस cabin में और गहराई से उतरता है, वैसे-वैसे उसकी reality बिखरने लगती है। वह जो लिखता है, वह सच होने लगता है, और जो सच होता है, वह उसकी कहानी का हिस्सा बन जाता है। क्या वह अपनी किताब पूरी कर पाएगा? या फिर यह cabin ही उसकी ज़िंदगी की आखिरी कहानी लिख देगी?

यह सिर्फ एक horror story नहीं है, यह एक psychological thriller है, जो तुम्हारी सोच को challenge करेगा, तुम्हारी imagination को push करेगा और तुम्हें एक ऐसी journey पर ले जाएगा, जहाँ सच और भ्रम के बीच की रेखा धुंधली हो जाएगी।

तो, क्या आप तैयार हे इस सफर के लिए?

1

शुरुवात नए अंधकार की !

रुद्रांश ने अपनी पुरानी मारुति की स्टीयरिंग को कसकर पकड़ा, जैसे कि वो सड़क पर नहीं, बल्कि अपनी जिंदगी की बागडोर संभाल रहा हो। पहाड़ों की घुमावदार सड़कें, जो कभी हरीभरी ढलानों से ढकी थीं, अब सर्दियों की ठंड में सूखी और बंजर दिख रही थीं। उसका बैग पीछे की सीट पर पड़ा थाकुछ कपड़े, एक पुराना लैपटॉप, और नोट्स से भरी एक डायरी। वो एक नई शुरुआत की तलाश में था, एक ऐसी जगह जहां वो अपनी किताब लिख सके, बिना शहर की भागदौड़ और शोर के। और फिर उसे ये केबिन मिलाएक विज्ञापन में, जो इतना सस्ता था कि शक होने लायक था। "हॉन्टेड केबिन," विज्ञापन में लिखा था, "लेखकों और सपने देखने वालों के लिए परफेक्ट।" रुद्रांश ने इसे मजाक समझा था, लेकिन अब, जब वो उस सुनसान रास्ते पर गाड़ी चला रहा था, मजाक हकीकत में बदलता जा रहा था।

केबिन जंगल के बीच में खड़ा थालकड़ी का ढांचा, जिसकी दीवारें समय और मौसम से जर्जर हो चुकी थीं। छत पर टूटी टाइलें, खिड़कियों पर धूल की मोटी परत, और दरवाजे के पास एक पुराना ताला, जो जंग से लाल हो गया था। रुद्रांश ने गाड़ी रोकी, इंजन की आवाज बंद होते ही सन्नाटा और गहरा हो गया। हवा में ठंड थी, और पेड़ों की सरसराहट के

अलावा कोई आवाज नहीं। उसने बैग कंधे पर डाला और दरवाजे की ओर बढ़ा। चाबी को ताले में डालते वक्त उसके हाथ कांप रहे थेशायद ठंड से, या शायद उस अजीब से एहसास से जो उसे वहां पहुंचते ही होने लगा था।

दरवाजा खुलते ही एक ठंडी हवा का झोंका उसके चेहरे से टकराया। अंदर का माहौल भारी थाधूल, पुरानी लकड़ी की महक, और कुछ ऐसा जो समझ नहीं आ रहा था। कमरे में एक पुराना सोफा, एक टेबल, और एक चिमनी थी, जिसके ऊपर मकड़ियों ने अपना जाल बुन रखा था। रुद्रांश ने अपना सामान टेबल पर रखा और लैपटॉप ऑन किया। स्क्रीन की नीली रोशनी ने कमरे को थोड़ा जिंदा किया, लेकिन वो एहसासवो अजीब सी बेचैनीकम नहीं हुई। उसने सोचा, "शायद थकान है। रात को सो जाऊंगा, तो सब ठीक लगेगा।"

पहली रात कुछ लिखने की कोशिश में बीती। उसने डायरी खोली और पेन उठाया, लेकिन जैसे ही वो पहला शब्द लिखने वाला था, हवा का एक झोंका आयाकहीं से, बिना किसी खिड़की के खुले। डायरी के पन्ने अपनेआप पलटने लगे, तेजी से, जैसे कोई उन्हें पढ़ रहा हो। रुद्रांश ने चौंककर डायरी बंद की, लेकिन उसका दिल जोरजोर से धड़क रहा था। "हवा होगी," उसने खुद को समझाया, लेकिन उसकी आवाज में विश्वास नहीं था। उसने लैपटॉप की ओर देखास्क्रीन अचानक काली हो गई। उसने पावर बटन दबाया, लेकिन कुछ नहीं हुआ। "बैटरी डेड हो गई होगी," उसने सोचा, हालांकि उसे याद था कि उसने इसे चार्ज किया था।

रात गहराती गई। रुद्रांश चिमनी के पास बैठा, आग जलाने की कोशिश कर रहा था। लकड़ियां सुलग रही थीं, लेकिन धुआं कमरे में भरने लगा। तभी उसे लगाकोई आवाज। हल्की, दूर की, जैसे कोई फुसफुसा रहा हो। उसने कान लगाएशब्द साफ नहीं थे, लेकिन वो आवाजें थीं, इंसानी आवाजें। उसने इधरउधर देखा, लेकिन कमरे में कोई नहीं था। "दिमाग का वहम है," उसने खुद को तसल्ली दी, लेकिन नींद उसकी आंखों से कोसों दूर थी।

सुबह की पहली किरण के साथ वो उठा। चिमनी की आग बुझ चुकी थी, और कमरा फिर से ठंडा और सन्नाटे से भरा था। उसने लैपटॉप ऑन करने की कोशिश कीइस बार वो चालू हो गया। स्क्रीन पर उसकी फाइल

खुली थी, लेकिन कुछ ऐसा था जो उसने नहीं लिखा था। एक लाइन, टाइप की हुई, जो रात को वहां नहीं थी: "तुम अकेले नहीं हो।" रुद्रांश का चेहरा सफेद पड़ गया। उसने फाइल बंद की, लैपटॉप बंद किया, और बाहर की ओर देखा। जंगल शांत था, लेकिन उस शांति में कुछ छिपा हुआ थाकुछ जो उसे देख रहा था, इंतजार कर रहा था।

उसने सोचा, "ये जगह मेरे दिमाग से खेल रही है।" लेकिन कहीं गहरे में उसे पता थाये सिर्फ शुरुआत थी।

2

सच से घिरा साया

दिन का उजाला भी उस केबिन की उदासी को कम नहीं कर पाया। रुद्रांश ने सुबह की चाय बनाईएक पुराने केतली में, जो उसे किचन के कोने में पड़ी मिली थी। भाप उठती हुई चाय की खुशबू ने थोड़ी राहत दी, लेकिन उसका दिमाग अभी भी रात की घटनाओं में उलझा था। "तुम अकेले नहीं हो"ये शब्द उसके सामने बारबार घूम रहे थे। उसने लैपटॉप फिर से खोला, ये देखने के लिए कि क्या वो लाइन अभी भी वहां है। थी। उसने फाइल डिलीट कर दी, लेकिन मन का संदेह डिलीट नहीं हुआ। "शायद मैंने नींद में टाइप कर दिया," उसने खुद को समझाने की कोशिश की, पर उसे पता था कि ये सच नहीं था।

दोपहर तक वो लिखने की कोशिश में जुट गया। उसकी कहानी एक अकेले लेखक की थीउसके अपने जीवन से प्रेरितजो एक रहस्यमयी जगह पर फंस जाता है। लेकिन हर बार जब वो टाइप करने लगता, कुछ न कुछ उसे रोक देता। कभी हवा का झोंका, कभी लकड़ी की दीवारों से आती अजीब सी खटखट, और कभी वो फुसफुसाहटजो अब दिन में भी सुनाई देने लगी थी। उसने खिड़की की ओर देखा। जंगल में हल्की धुंध छाई थी, और पेड़ों के बीच कुछ हिलता हुआ सा दिखा। उसने आंखें मिचमिचाईशायद कोई जानवर था। लेकिन फिर वो रुक गया। वो कोई जानवर नहीं था। वो एक आकृति थीलंबी, पतली, और धुंध में लिपटी हुई।

रुद्रांश का दिल जोर से धड़का। उसने दरवाजा खोला और बाहर झांका। "कोई है वहां?" उसकी आवाज जंगल में गूंजी, लेकिन जवाब में सिर्फ सन्नाटा लौटा। वो वापस अंदर आया, दरवाजा बंद किया, और सोचने लगा कि क्या वो सचमुच पागल हो रहा है। तभी उसे एक और आवाज सुनाई दीइस बार साफ, नजदीक से। "रुद्रांश ..." कोई उसका नाम पुकार रहा था। वो चौंककर मुड़ा। कमरे में कोई नहीं था, लेकिन चिमनी के पास की हवा ठंडी हो गई थी, जैसे कोई वहां से गुजरा हो।

शाम ढलतेढलते उसने फैसला किया कि उसे इस जगह को समझना होगा। उसने केबिन की तलाशी शुरू की। पुराने फर्नीचर के नीचे, अलमारियों में, और चिमनी के पासकुछ भी जो उसे ये बताए कि ये जगह क्या छिपा रही है। तभी उसे एक पुराना बॉक्स मिलालकड़ी का, जिस पर नक्काशी की गई थी। उसने उसे खोला। अंदर एक तस्वीर थीफीकी, लेकिन साफ। उसमें एक औरत थी, लंबे काले बाल, गहरी आंखें, और एक मुस्कान जो रहस्यमयी थी। तस्वीर के पीछे लिखा था: "Hemlata, 1973." रुद्रांश ने तस्वीर को हाथ में लिया, और उसी पल उसे लगा कि कोई उसे देख रहा है।

वो मुड़ा। वहां वो खड़ी थीवही औरत, तस्वीर से बाहर निकलकर। लंबे काले बाल हवा में लहरा रहे थे, और उसकी आंखें रुद्रांश को भेद रही थीं। "तुम डरते क्यों हो?" उसकी आवाज मधुर थी, लेकिन उसमें एक ठंडक थी। रुद्रांश के मुंह से शब्द नहीं निकले। वो पीछे हटा, लेकिन उसकी पीठ दीवार से टकरा गई। "मैं... आप कौन हैं?" उसने हकलाते हुए पूछा।

"मैं हेमलता हूँ," उसने कहा, और उसकी मुस्कान गहरी हो गई। "मैं यहाँ हूँ, तुम्हारी मदद के लिए।" रुद्रांश का दिमाग सवालों से भर गया। मदद? किस लिए? और ये औरत यहाँ कैसे? लेकिन इससे पहले कि वो कुछ पूछ पाता, हेमलता आगे बढ़ी। "ये जगह तुम्हें चुनेगी, रुद्रांश . लेकिन सवाल ये हैक्या तुम इसे चुनोगे?"

वो गायब हो गईएक पल में, जैसे धुंध में घुल गई हो। रुद्रांश का सांस तेज चल रहा था। उसने तस्वीर को फिर से देखा। हेमलता की आंखें अब भी उसे घूर रही थीं, जैसे वो अभी भी वहां मौजूद हो। उस रात वो सो नहीं सका। हर कोने से फुसफुसाहटें आ रही थीं, और हर छाया में हेमलता की

परछाई दिख रही थी। उसने अपनी डायरी खोली और लिखा: "क्या वो सच है, या मेरा दिमाग मुझे धोखा दे रहा है? और अगर वो सच है, तो क्या मैं उसकी कहानी का हिस्सा हूँ या उसकी कहानी मुझसे लिखवा रही है?"

केबिन की दीवारें चुप थीं, लेकिन रुद्रांश को लग रहा था कि वो जवाब दे रही हैं एक ऐसे जवाब में, जो उसे अभी समझ नहीं आ रहा था।

3

सन्नाटे में सजी रात

रात का सन्नाटा अब रुद्रांश के लिए एक हथियार बन चुका थाहर खामोशी में एक चीख छिपी थी, हर छाया में एक खतरा। हेमलता की मुलाकात के बाद से वो अपने दिमाग पर भरोसा नहीं कर पा रहा था। उसने लैपटॉप खोला, उंगलियां कीबोर्ड पर रखीं, लेकिन कुछ लिख नहीं पाया। उसकी आंखें बारबार उस तस्वीर की ओर जा रही थींहेमलता की वो मुस्कान, जो अब मासूम कम और भयानक ज्यादा लग रही थी। तभी लैपटॉप की स्क्रीन फिर से काली हो गई। लेकिन इस बार कुछ अलग था। स्क्रीन पर खूनलाल अक्षर उभरे: "कहानी खत्म करो, रुद्रांश , वरना मैं करूंगी।"

उसका दिल जोर से धड़का, जैसे कोई उसे सीने से बाहर निकालने की कोशिश कर रहा हो। उसने लैपटॉप बंद किया, लेकिन वो शब्द उसकी आंखों के सामने नाच रहे थे। कमरे की हवा भारी हो गईएक गंध, सड़ांध की सी, जो कहीं से उठ रही थी। रुद्रांश ने नाक सिकोड़ी और चारों ओर देखा। चिमनी के पास की लकड़ियां अब जल नहीं रही थीं; उनकी जगह काले, गीले दाग थे, जैसे कोई वहां से रिस रहा हो। उसने कांपते हाथों से डायरी उठाई और लिखने की कोशिश की, लेकिन पेन से स्याही की जगह कुछ और निकलागाढ़ा, लाल, और चिपचिपा। वो चीखते हुए पीछे हटा, डायरी फर्श पर गिर गई, और वो लाल द्रव धीरेधीरे फैलने लगा, जैसे कोई जीवित चीज हो।

"ये क्या हो रहा है?" उसकी आवाज कमरे में गूंजी, लेकिन जवाब में एक हंसी आईगहरी, ठंडी, और ऐसी जो हड्डियों तक कांपन पैदा कर दे। रुद्रांश ने सिर घुमाया। हेमलता वहां थीइस बार धुंध में नहीं, बल्कि साफ, डरावनी सच्चाई की तरह। उसकी आंखें अब काली थीं, पुतलियां गायब, और मुंह से एक पतली, काली रेखा बह रही थी। "तुमने मुझे बुलाया, रुद्रांश ," उसने कहा, उसकी आवाज अब मधुर नहीं, बल्कि कर्कश और टूटी हुई थी। "अब भाग नहीं सकते।"

रुद्रांश का गला सूख गया। वो दरवाजे की ओर भागा, लेकिन दरवाजा अपनेआप बंद हो गयाएक जोरदार धमाके के साथ, जैसे कोई उसे बाहर से सील कर रहा हो। खिड़कियां कांपने लगीं, और बाहर की धुंध अब काली हो गई थी, जैसे जंगल ने सांस लेना बंद कर दिया हो। "मैंने कुछ नहीं किया!" रुद्रांश चीखा, उसकी आवाज में डर और गुस्सा दोनों थे। "मुझे जाने दो!"

हेमलता हंसी, और उसकी हंसी के साथ कमरे की दीवारें हिलने लगीं। लकड़ी से खून रिसने लगाधीरे, गाढ़ा, और बदबूदार। "तुमने लिखना शुरू किया," उसने कहा, उसका चेहरा अब रुद्रांश के करीब था, इतना करीब कि वो उसकी सांस की ठंडक महसूस कर सकता था। "और जो शुरू होता है, उसे खत्म करना पड़ता है। मेरी कहानी... या तुम्हारी।" उसकी उंगलियांलंबी, पतली, और नाखूनों से कटी हुईरुद्रांश के चेहरे की ओर बढ़ीं। उसने पीछे हटने की कोशिश की, लेकिन उसकी पीठ अब दीवार से नहीं, बल्कि कुछ ठंडे, गीले चीज से टकराई। उसने मुड़कर देखादीवार अब लकड़ी की नहीं थी; वो मांस थी, धड़कती हुई, सांस लेती हुई।

"नहीं!" रुद्रांश चीखा, और उसकी चीख के साथ ही कमरे में अंधेरा छा गया। लाइट्स गायब, चिमनी की आग गायब, और हेमलता भी गायब। लेकिन उसकी मौजूदगी अभी भी थीहर सांस में, हर धड़कन में। रुद्रांश फर्श पर गिर पड़ा, उसका शरीर कांप रहा था। तभी फर्श के नीचे से एक धमक शुरू हुईधीमी, गहरी, जैसे कोई विशालकाय चीज जाग रही हो। उसने हाथ बढ़ाकर अपनी डायरी ढूंढने की कोशिश की, लेकिन उसकी उंगलियों को कुछ और मिलाएक हड्डी, ठंडी और टूटी हुई।

अंधेरे में एक आकृति उभरीHemlata, लेकिन अब वो इंसान नहीं थी। उसका शरीर टूटा हुआ था, हड्डियां बाहर निकली हुई थीं, और चेहरा आधा गल चुका था। "लिखो, रुद्रांश ," उसने कहा, और उसकी आवाज अब कई थींचीखती हुई, रोती हुई, हंसती हुई। "वरना ये जगह तुम्हें निगल लेगी।" उसके साथ ही फर्श फट गया, और काले, चिपचिपे हाथ बाहर निकलेउसकी ओर बढ़ते हुए, उसे खींचते हुए।

रुद्रांश की चीख जंगल में गूंजी, लेकिन कोई सुनने वाला नहीं था। केबिन अब उसका नहीं थावो केबिन का हो चुका था।

4

गहरा साया

रुद्रांश की चीख अभी हवा में लटकी ही थी कि वो काले, चिपचिपे हाथों ने उसे फर्श के नीचे खींच लिया। अंधेरा इतना गहरा था कि उसकी आंखें बेकार हो गईंन कोई रोशनी, न कोई आकृति, सिर्फ एक ठंडी, गीली पकड़ जो उसे नीचे की ओर ले जा रही थी। उसका शरीर हवा में लटक रहा था, जैसे कोई अनदेखी ताकत उसे निगलने के लिए तैयार हो। फिर अचानक सब रुक गया। वो एक ठोस सतह पर गिरानम, ठंडा, और कुछ ऐसा जो उसके पैरों तले सरक रहा था। उसने हाथ बढ़ाया तो उसकी उंगलियों को कुछ मुलायम और सड़ा हुआ मिला। सांस लेना मुश्किल थाहवा में सड़ांध थी, मांस और हड्डियों की, और कुछ ऐसा जो जिंदा लग रहा था।

"कहां हूं मैं?" उसकी आवाज कांप रही थी, लेकिन जवाब में एक गहरी, गड़गड़ाती सी हंसी आईकई आवाजों का मिश्रण, जैसे दर्जनों लोग एक साथ हंस रहे हों। अंधेरे में एक हल्की चमक उभरीलाल, धुंधली, और बीमार सी। उसने देखावो किसी गुफा में था, लेकिन दीवारें पत्थर की नहीं थीं; वो सांस ले रही थीं, धड़क रही थीं, जैसे कोई विशालकाय दिल हो। फर्श पर हड्डियां बिखरी थींकुछ इंसानी, कुछ ऐसी जो इंसानी नहीं लग रही थीं। और बीच में वो खड़ी थीHemlata, या जो कुछ भी वो अब थी। उसका शरीर अब टूटा हुआ नहीं था; वो लंबी, काली, और भयानक थीआंखें खाली, मुंह से काला धुआं निकल रहा था, और हाथों में कुछ ऐसा जो चमक रहा था। उसकी डायरी।

"लिखो, रुद्रांश ," उसकी आवाज अब गहरी थी, जैसे जमीन के नीचे से आ रही हो। "ये जगह भूखी है। और तुम उसका भोजन होजब तक तुम कहानी पूरी नहीं करते।" उसने डायरी रुद्रांश की ओर फेंकी, और वो उसके पैरों के पास गिरी। पन्ने अपनेआप खुल गएखून से लिखे शब्द, टेढ़ेमेढ़े, जो चीखते हुए लग रहे थे: "मुझे मुक्त करो।" रुद्रांश का सिर चकराया। उसने डायरी उठाने की कोशिश की, लेकिन उसका हाथ कांप रहा था। तभी दीवारों से एक धमक शुरू हुईतेज, हिंसक, जैसे कोई चीज बाहर निकलने को बेताब हो।

"मैं क्या लिखूं?" उसने चीखकर पूछा, उसकी आवाज डर और गुस्से से भरी थी। हेमलता करीब आईइतना करीब कि उसकी सांस रुद्रांश के चेहरे पर काली धुंध बनकर टकराई। "मेरी सच्चाई," उसने कहा, और उसकी आंखों में एक चमक उभरीलाल, जलती हुई। "1973. वो रात जब ये जगह मुझसे छीन ली गई। लिखो, वरना ये तुम्हें भी छीन लेगी।" उसकी बात खत्म होते ही फर्श हिला, और उसमें से काले, कीड़े जैसे जीव निकलने लगेलंबे, पतले, और दांतों से भरे। वो रुद्रांश की ओर रेंगने लगे, उनकी चीखें हवा में गूंज रही थीं।

रुद्रांश ने डायरी खोली और लिखना शुरू कियाउसके हाथ कांप रहे थे, स्याही की जगह खून बह रहा था। "1973. Hemlata. एक रात..." लेकिन इससे पहले कि वो आगे लिख पाता, एक हाथकाला, हड्डियों से बनाउसके कंधे पर आ टिका। उसने पीछे देखा। वहां कोई चेहरा नहीं थासिर्फ एक खाली आकृति, जिसके मुंह से काला तरल टपक रहा था। "गलत," उसने फुसफुसाया, और उसकी उंगली रुद्रांश के हाथ पर चलीगहरी, जलती हुई। रुद्रांश चीखा, उसका खून फर्श पर गिरा, और वो कीड़े उसकी ओर तेजी से बढ़े।

"सच लिखो!" हेमलता गरजी, और उसकी आवाज के साथ गुफा कांप उठी। दीवारों से खून बहने लगा, फर्श फटने लगा, और हवा में चीखें गूंजने लगींहजारों आत्माओं की, जो वहां फंसी थीं। रुद्रांश का दिमाग टूट रहा था। उसने फिर लिखा: "1973. हेमलता मरी नहीं थी। उसे जिंदा दफनाया गया था।" जैसे ही उसने ये लिखा, सब कुछ रुक गया। कीड़े गायब, चीखें शांत, और हेमलता की आंखों में एक अजीब सी चमक

आई। "हां," उसने कहा, उसकी आवाज अब नरम थी, लेकिन डरावनी। "लेकिन ये सिर्फ शुरुआत है।"

तभी गुफा की छत फटी, और ऊपर से एक विशालकाय आंख झांकीलाल, भयानक, और भूखी। रुद्रांश की सांस अटक गई। "ये क्या है?" उसने पूछा, लेकिन हेमलता बस मुस्कुराई। "ये वो है जो हम सबको खाता है। और अब ये तुम्हारा इंतजार कर रहा है।" उसकी हंसी के साथ ही वो आंख नीचे की ओर बढ़ी, और रुद्रांश को लगा कि उसकी आत्मा उसके शरीर से खींची जा रही है। डायरी उसके हाथ से गिरी, और पन्ने हवा में उड़ने लगेहर पन्ने पर उसका खून, उसकी कहानी, और उसका अंत लिखा हुआ था।

क्या वो बच पाएगा? या ये जगह उसकी आखिरी सांस तक उससे लिखवाएगी? अंधेरा फिर से गहरा हो गया, और वो आंख अब और करीब थीइतनी करीब कि रुद्रांश उसमें अपना चेहरा देख सकता था, टूटा हुआ, चीखता हुआ, और हमेशा के लिए खोया हुआ।

5

विशालकाय आंख

रुद्रांश की दुनिया अब एक काले, अनंत गड्ढे में सिमट गई थी। वो विशालकाय आंखलाल, भयानक, और उसकी आत्मा को चूसती हुईअब ठीक उसके ऊपर मंडरा रही थी। उसकी सांसें रुकरुक कर चल रही थीं, हर धड़कन एक चीख की तरह गूंज रही थी। डायरी उसके हाथ से छूट चुकी थी, पन्ने हवा में तैर रहे थेखून से सने, उसकी लिखावट से भरे, और उन शब्दों से जो अब उसकी नहीं, बल्कि इस जगह की कहानी बन चुके थे। हेमलता सामने खड़ी थी, उसकी मुस्कान अब एक घाव की तरह चौड़ी और गहरी थी। लेकिन इस बार कुछ और थाउसकी आंखों में आंसुओं की एक पतली रेखा, काली और चमकती हुई, जैसे वो भी इस नर्क का शिकार हो।

"क्यों?" रुद्रांश की आवाज टूट गई, उसका गला खून और डर से भरा था। "मुझसे क्या चाहते हो ये सब?" उसने उस आंख की ओर देखा, जो अब और नीचे आ रही थी, इतनी करीब कि वो उसकी गर्म, सड़ी हुई सांस महसूस कर सकता था। हेमलता आगे बढ़ी, उसका शरीर अब आधा धुंध, आधा मांसएक टूटा हुआ सपना जो जिंदा रहने को मजबूर था। "क्योंकि तुमने दरवाजा खोला," उसने कहा, उसकी आवाज में दर्द और क्रूरता का मिश्रण था। "तुमने लिखना शुरू किया। और जो शुरू होता है, उसे खत्म करना पड़ता हैखून से, आत्मा से, या दोनों से।"

तभी गुफा की दीवारें फिर से कांपीं, लेकिन इस बार वो धड़कन नहीं थीवो एक रोना था, गहरा, हृदयविदारक, जैसे कोई मां अपने मरे हुए बच्चे के लिए चीख रही हो। रुद्रांश के कानों में वो आवाज चाकू की तरह चुभी। उसने अपने चारों ओर देखा। हड्डियां अब हिल रही थींटूटी हुई उंगलियां, खोपड़ियां, और पसलियांसब एक साथ जुड़ रही थीं, एक भयानक आकृति बनाते हुए। वो हेमलता नहीं थी। वो कुछ और थाकाला, विशाल, और इतना दुखी कि उसकी मौजूदगी से हवा में खून की बूंदें तैरने लगीं।

"ये... ये क्या है?" रुद्रांश का शरीर ठंडा पड़ गया। उस आकृति ने सिर उठायाकोई चेहरा नहीं, सिर्फ एक खाली गड्ढा, जिससे काले आंसू बह रहे थे। "ये मेरी मां थी," हेमलता फुसफुसाई, और उसकी आवाज में पहली बार डर झलका। "1973 में, जब मुझे जिंदा दफनाया गया, उसने मुझे बचाने की कोशिश की। लेकिन ये जगह... इसने उसे भी ले लिया। और अब ये हम सबको लेगी।" उसकी बात खत्म होते ही वो आकृति चीखीएक ऐसी चीख जो रुद्रांश की हड्डियों को तोड़ने लगी। उसके कान से खून बहने लगा, उसकी आंखें धुंधली हो गईं, और उसका दिल रुकने की कगार पर था।

वो विशालकाय आंख अब और नीचे आई, और उसमें से एक आवाज गूंजीगहरी, प्राचीन, और इतनी ठंडी कि रुद्रांश की सांस जम गई। "लिखो, या मरो।" रुद्रांश ने डायरी की ओर हाथ बढ़ाया, लेकिन उसकी उंगलियां अब उसकी नहीं थींवो काली हो रही थीं, सड़ रही थीं, जैसे ये जगह उसे अंदर से खा रही हो। उसने फिर भी लिखना शुरू किया, हर शब्द के साथ उसका खून पन्नों पर टपक रहा था। "1973. हेमलता की मां... उसने अपनी बेटी को बचाने के लिए अपनी जान दी। लेकिन ये जगह... ये भूखी थी। इसने दोनों को निगल लिया।"

जैसे ही उसने ये लिखा, वो आकृतिहेमलता की मांउसकी ओर बढ़ी। उसने रुद्रांश को छुआ, और उसकी ठंडी, सड़ी हुई उंगलियों से एक याद उभरीहेमलता की याद नहीं, उसकी अपनी। उसकी मां, जो उसे बचपन में गले लगाती थी, जो उसे कहानियां सुनाती थी। लेकिन अब वो चेहरा बदल गयाउसकी मां की आंखें खाली थीं, मुंह से खून बह रहा था, और वो

चीख रही थी, "मुझे छोड़ दो!" रुद्रांश का दिल टूट गया। उसने चीखने की कोशिश की, लेकिन उसकी आवाज गायब हो चुकी थी।

हेमलता रो पड़ीकाले आंसू, जो फर्श पर गिरते ही काले फूलों में बदल गए। "तुम समझते नहीं," उसने कहा। "ये जगह हमारी कहानियों को खाती है। और जब ये खत्म हो जाती है, तो ये हमारी आत्माओं को लेती है।" तभी वो आंख से एक काला तार निकलापतला, चमकता हुआ, और रुद्रांश के सीने में घुस गया। उसने दर्द महसूस कियानहीं, दर्द नहीं, कुछ और। उसकी जिंदगी, उसकी यादें, उसकी मां की आवाजसब उससे छीना जा रहा था। वो चीखा, लेकिन उसकी चीख अब उसकी नहीं थीवो इस जगह की थी।

फर्श फट गया, और नीचे से सैकड़ों चेहरे उभरेटूटे हुए, रोते हुए, चीखते हुए। हेमलता की मां, Hemlata, और अब रुद्रांश का चेहरा भी उनके बीच था। वो आंख हंसी, और उसकी हंसी के साथ गुफा ढहने लगी। रुद्रांश की आखिरी सांस एक शब्द बनकर निकली"मां"और फिर अंधेरा। लेकिन वो अंधेरा शांत नहीं था। वो जिंदा था, भूखा था, और उसमें रुद्रांश की आत्मा हमेशा के लिए कैद हो चुकी थी।

6

सच की सरसराहट

सच की सरसराहट

अंधेरा अब रुद्रांश का घर बन चुका थाएक ठंडा, सड़ा हुआ आलिंगन जो उसे छोड़ने को तैयार नहीं था। उसकी आत्मा उस विशालकाय आंख के भीतर कैद थी, उसकी चीखें उसकी अपनी नहीं रह गई थीं। लेकिन फिर भी, कहीं गहरे में, एक हल्की सी हलचल थीएक सवाल, एक उम्मीद, जो मरने से इनकार कर रही थी। क्या ये सचमुच अंत था? या कुछ और बाकी था, कुछ ऐसा जो इस नर्क की सतह के नीचे छिपा था? उसका शरीर अब उसका नहीं था, लेकिन उसका दिमाग अभी भी लड़ रहा थाटूटे हुए टुकड़ों में, खून से सने शब्दों में।

गुफा का मलबा अब शांत था, लेकिन हवा में एक नई गंध थीधूल की नहीं, बल्कि कुछ पुराने, भूले हुए की। हेमलता सामने खड़ी थी, उसका चेहरा अब आधा इंसानी, आधा छायाजैसे वो भी इस जगह से आजाद होने की कगार पर हो। उसके हाथ में वो डायरी थी, जिसके पन्ने अब हवा में नहीं उड़ रहे थे। वो स्थिर थी, और उसकी आंखों में एक अजीब सी चमक थीडर नहीं, बल्कि कुछ ऐसा जो रहस्य खोलने वाला था। "तुमने सच लिखा," उसने कहा, उसकी आवाज अब नरम थी, लेकिन उसमें एक कांपन था। "लेकिन पूरा सच नहीं।"

रुद्रांश की आत्माया जो कुछ उसका बचा थाउस आंख के भीतर से हेमलता को देख रही थी। उसकी आवाज अब उसके गले से नहीं, बल्कि

उसकी सोच से निकली। "पूरा सच? क्या बाकी है अभी?" उसकी बात के साथ ही वो आंख कांपी, जैसे उसे गुस्सा आया हो। लेकिन हेमलता पीछे नहीं हटी। उसने डायरी खोली और एक पन्ना पलटाएक ऐसा पन्ना जो रुद्रांश ने कभी नहीं देखा था। उस पर लिखा था: "1973. वो रात जब सब शुरू हुआ। लेकिन ये सिर्फ मेरी कहानी नहीं थी। ये उसकी थीजिसने हमें बनाया।"

"कौन?" रुद्रांश की आत्मा चीखी, और उसकी चीख के साथ गुफा की दीवारों से फिर से खून रिसने लगा। हेमलता ने सिर उठाया, उसकी आंखें अब उस आंख की ओर थीं जो छत से झांक रही थी। "वो," उसने कहा, और उसकी उंगली ऊपर की ओर इशारा कर रही थी। "वो जो इस जगह को जिंदा रखता है। वो जो हमारी कहानियों को खाता है। वो जो कभी इंसान था।" उसकी बात के साथ ही हवा में एक ठंडी लहर दौड़ी, और वो आंख तेजी से पलक झपकाने लगीजैसे वो डर रही हो, या गुस्से में हो।

रुद्रांश के दिमाग में एक तूफान उठा। "इंसान? ये... ये कोई इंसान था?" हेमलता ने धीरे से सिर हिलाया। "हां. एक लेखक, तुम्हारी तरह। उसने इस केबिन को बनायाअपनी कहानियों के लिए, अपने सपनों के लिए। लेकिन उसकी भूख बढ़ती गई। उसने सच और सपने को मिला दिया, और फिर... उसने खुद को इस जगह में बांध दिया। वो अब ये जगह है, रुद्रांश . और तुम उसकी अगली कहानी हो।" उसकी बात खत्म होते ही फर्श से एक धमक उठी, और वो काले, कीड़े जैसे जीव फिर से उभरेलेकिन इस बार वो हेमलता की ओर नहीं, बल्कि उस आंख की ओर बढ़ रहे थे।

"क्या हो रहा है?" रुद्रांश की आत्मा कांपी। हेमलता मुस्कुराईएक दुख भरी मुस्कान। "तुमने सच का पहला हिस्सा लिखा. अब वो डर रहा है। लेकिन अभी और बाकी है।" उसने डायरी रुद्रांश की ओर बढ़ाई, और अचानक उसकी आत्मा उस आंख से बाहर निकल आईवापस अपने टूटे हुए शरीर में, जो फर्श पर पड़ा था। उसका हाथ अब काला नहीं था, लेकिन कमजोर था, कांप रहा था। उसने डायरी उठाई, और पन्नों पर एक नया शब्द उभराखुदबखुद, जैसे कोई और लिख रहा हो: "उसका नाम।"

हेमलता की सांस तेज हो गई। "लिखो, रुद्रांश ," उसने कहा, उसकी आवाज में एक जल्दबाजी थी। "उसका नाम लिखो, और शायद हम सब

आजाद हो जाएं। लेकिन सावधानअगर तुम गलत लिखोगे, तो ये जगह हम सबको हमेशा के लिए निगल लेगी।" उसकी बात के साथ ही वो आंख से एक चीख निकलीइंसानी, दर्द भरी, और इतनी तेज कि रुद्रांश के कान फिर से खून से भर गए। फर्श फटने लगा, दीवारें ढहने लगीं, और हवा में सैकड़ों फुसफुसाहटें गूंजने लगीं"नाम... नाम... नाम।"

रुद्रांश ने पेन उठाया, उसका हाथ कांप रहा था। उसका दिमाग खाली था, लेकिन कहीं गहरे में एक नाम गूंज रहा थाधुंधला, पुराना, और भयानक। क्या वो सही था? या ये उसका आखिरी गलत कदम होगा? उसने लिखना शुरू किया, और हर अक्षर के साथ वो आंख तेजी से कांपने लगी। "V... I... K..."

क्या होगा अगला अक्षर? क्या ये सच को उजागर करेगा, या इस नर्क को और गहरा बना देगा? हेमलता की सांस रुक गई, और रुद्रांश की उंगलियां हवा में अटक गईंसस्पेंस की एक पतली रेखा पर, जो अब टूटने वाली थी।

7

नाम का खुलासा

रुद्रांश की उंगलियाँ हवा में रुक गईं, पेन से खून टपक रहा था। "V... I... K..."ये नाम अधूरा था, लेकिन हवा में कुछ बदल गया। गुफा की दीवारें अब सिर्फ धड़क नहीं रही थीं, वो चीख रही थींएक ऐसी चीख जो कानों को फाड़ दे। वो आँख, जो छत से झाँक रही थी, अब पागलों की तरह काँप रही थी। उसमें से काला, गाढ़ा तरल बहने लगा, जो फर्श पर गिरते ही सड़ने लगा। हेमलता पीछे हटी, उसकी आँखें डर से चौड़ी हो गईं। "जल्दी, रुद्रांश!" वो चिल्लाई। "नाम पूरा करो, वरना ये जगह हमें खा जाएगी!"

रुद्रांश का दिल तेज़ धड़क रहा था। उसके दिमाग में एक नाम गूँज रहा थाविक्रमलेकिन क्या ये सही था? उसने पेन को ज़ोर से पकड़ा और लिखा: "V... I... K... R... A... M." जैसे ही उसने आखिरी अक्षर लिखा, गुफा में एक ज़ोर का धमाका हुआ। फर्श फट गया, और उसमें से एक बदबूसड़ी हुई मिट्टी और खून कीबाहर आने लगी। वो आँख एकदम से बंद हो गई, लेकिन बंद होने से पहले उसने एक आवाज़ छोड़ीएक इंसानी चीख, पुरानी और दर्द भरी, जो रुद्रांश के दिल तक चली गई।

"विक्रम!" हेमलता ने ज़ोर से कहा, और उसकी आवाज़ के साथ ही गुफा का हर कोना आवाज़ों से भर गयाफुसफुसाहट, चीख, और रोना। फर्श से हाथ निकलने लगेकाले, सड़े हुए, उंगलियों की जगह नाखून जैसे दिख रहे थे। वो रुद्रांश की तरफ बढ़ रहे थे, उसके पैरों को छूने की कोशिश कर रहे थे। उसने डायरी छोड़ दी और पीछे हटने लगा, लेकिन पीछे कोई

दीवार नहीं थीसिर्फ एक गहरा गड्ढा, जिसमें से और हाथ उभर रहे थे। "ये क्या है?" उसने चिल्लाया, उसका गला सूख गया था।

हेमलता का चेहरा सफेद पड़ गया। "ये उसका असली रूप है," उसने कहा, उसकी आवाज़ काँप रही थी। "विक्रमवो लेखक जो यहाँ आया था। उसने अपनी कहानियों को इस जगह में डाल दिया, और फिर खुद भी इसका हिस्सा बन गया। लेकिन नाम लिखने से वो जाग गया है!" उसके बोलते ही फर्श से एक आकृति उभरीलंबी, काली, और टूटी हुई। उसका चेहरा नहीं था, सिर्फ एक मुँहबड़ा, खाली, और उसमें से काले दाँत दिख रहे थे। उसकी आँखें नहीं थीं, लेकिन रुद्रांश को लगा जैसे वो उसे देख रहा होउसकी रूह तक।

"विक्रम..." रुद्रांश ने फुसफुसाते हुए कहा, और उस आकृति ने सिर उठाया। उसके मुँह से एक आवाज़ निकलीगंदी, घूरी सीऔर फिर वो रुद्रांश की तरफ झुका। उसके हाथजो अब हाथ नहीं, बल्कि काले, लंबे नाखून थेरुद्रांश के गले तक आए। उसने साँस लेने की कोशिश की, लेकिन हवा में खून की बू थी। "मुझे छोड़ दो!" वो चिल्लाया, लेकिन उसकी आवाज़ उस आकृति के मुँह में घुल गई। वो हँसने लगाएक ऐसी हँसी जो दिल को ठंडा कर दे।

हेमलता ने डायरी उठाई और चिल्लाई, "रुक जाओ, विक्रम! ये तेरी कहानी नहीं है अब!" लेकिन उसके बोलते ही वो आकृति और बड़ी हो गईउसके शरीर से काले, गंदे बाल उगने लगे, और फर्श से और चेहरे उभरने लगेसड़े हुए, टूटे हुए, और रोते हुए। "ये मेरी जगह है," उसने कहा, उसकी आवाज़ गुफा में गूँज रही थी। "और तुम सब मेरे हो।" उसके साथ ही फर्श से एक नया हाथ निकलाबड़ा, काला, और उसमें रुद्रांश की माँ का चेहरा था। वो रो रही थी, उसकी आँखें खाली थीं, और मुँह से खून टपक रहा था।

"रुद्रांश..." उसने कहा, और उसकी आवाज़ दिल तोड़ने वाली थी। रुद्रांश का दिल रुक गया। "माँ?" वो रोने लगा, उसके आँसू फर्श पर गिरे, और वो हाथ उसकी तरफ बढ़ा। लेकिन जैसे ही उसने छूने की कोशिश की, विक्रम ने हँसाऔर वो हाथ टूट गया, फर्श में गिर गया, और उसकी माँ की चीख हवा में घुल गई। "नहीं!" रुद्रांश चिल्लाया, लेकिन विक्रम

उसके ऊपर था अबउसके काले नाखून उसके चेहरे को नोच रहे थे, उसका खून टपक रहा था।

हेमलता ने डायरी फर्श में फेंक दी। "ये तेरा अंत है, विक्रम!" उसने कहा, और डायरी के गिरते ही एक तेज़ रोशनी निकलीसफेद, जलती हुई। विक्रम चीखा, उसका शरीर पिघलने लगा, लेकिन उसकी हँसी बंद नहीं हुई। "ये अंत नहीं," उसने कहा, उसका मुँह अब रुद्रांश के बिल्कुल पास था। "ये शुरुआत है।" रोशनी के साथ ही गुफा ढह गई, और रुद्रांश का शरीर फर्श में गिरने लगालेकिन उससे पहले, विक्रम की आँखें उसमें खुल गईंकाली, भूखी, और उसके लिए इंतज़ार करती हुई।

क्या ये सच में खत्म हुआ? या विक्रम का नया खेल अब शुरू होने वाला था? रुद्रांश का दिल थमा, और अंधेरा उसे निगल गयालेकिन उस अंधेरे में एक आवाज़ थी, एक हँसी, जो कह रही थी: "तुम अब मेरे हो।"

8

अंधेरे का नया जन्म

रुद्रांश का शरीर फर्श में गिरा, लेकिन वो गिरना कभी खत्म नहीं हुआ। अंधेरा उसे निगल गया थाएक ऐसा अंधेरा जो ठंडा था, गीला था, और जिंदा था। उसकी आँखें खुली थीं, लेकिन कुछ दिखाई नहीं दे रहा थासिर्फ काली धुंध, जो उसके चारों ओर नाच रही थी। उसकी साँसें अब उसकी नहीं थीं; हर साँस के साथ एक फुसफुसाहट गूँजती थी"तुम मेरे हो।" विक्रम की आवाज़ थी वो, लेकिन अब वो सिर्फ आवाज़ नहीं थीवो हवा थी, वो अंधेरा था, वो रुद्रांश के अंदर था।

अचानक एक तेज़ झटका लगा। रुद्रांश का शरीर हवा में उछला और फिर से फर्श पर गिरालेकिन इस बार फर्श ठंडा नहीं था। वो गर्म था, जल रहा था, और उसमें से धुआँ उठ रहा था। उसने अपने हाथों को देखावो काले थे, सड़े हुए, लेकिन फिर भी हिल रहे थे। "मैं... मैं जिंदा हूँ?" उसने सोचा, लेकिन उसकी आवाज़ बाहर नहीं आई। उसके गले से एक घुरघुराहट निकलीगहरी, डरावनी, और अनजानी। उसने अपने चारों ओर देखा। गुफा गायब थी। वो अब केबिन में थावही पुराना, जर्जर केबिनलेकिन कुछ गलत था। दीवारें अब लकड़ी की नहीं थीं; वो मांस थीं, लाल और धड़कती हुई। खिड़कियाँ खाली थीं, और बाहर जंगल की जगह एक काला, अनंत शून्य था।

"ये क्या है?" रुद्रांश ने सोचा, और तभी एक हँसी गूँजीविक्रम की हँसी। वो हँसी दीवारों से आई, फर्श से आई, और रुद्रांश के अपने सीने से

"

आई। उसने अपने दिल की ओर देखावहाँ एक छेद था, काला और गहरा, और उसमें से काला धुआँ निकल रहा था। "तुम अब मेरे हो," वो आवाज़ फिर से गूँजी, और रुद्रांश का शरीर काँप उठा। उसने अपने हाथों को अपने चेहरे के पास लायाउसका चेहरा अब उसका नहीं था। उसकी आँखें खाली थीं, मुँह से काला तरल टपक रहा था, और उसकी त्वचा सड़ रही थी। वो चीखना चाहता था, लेकिन उसकी चीख विक्रम की हँसी बनकर निकली।

तभी दरवाजा खुलाखुदबखुद, एक ज़ोरदार धमाके के साथ। बाहर से हेमलता अंदर आई, लेकिन वो अब वो हेमलता नहीं थी जो रुद्रांश ने पहले देखी थी। उसका शरीर आधा टूटा हुआ था, एक हाथ गायब था, और उसकी आँखों से काले आँसू बह रहे थे। "रुद्रांश!" उसने चिल्लाया, उसकी आवाज़ में दर्द और डर था। "तुमने गलती कर दी! नाम लिखने से वो मरा नहींवो और ताकतवर हो गया!" उसने रुद्रांश की ओर हाथ बढ़ाया, लेकिन उसका हाथ हवा में रुक गया। रुद्रांश का शरीर अपने आप उठाउसके कंट्रोल के बिनाऔर उसकी उंगलियाँ हेमलता के गले की ओर बढ़ीं।

"नहीं!" रुद्रांश अपने दिमाग में चीखा, लेकिन उसका शरीर उसकी बात नहीं मान रहा था। उसकी उंगलियाँअब लंबी, काली, और नाखूनों से भरीहेमलता के गले में धँस गईं। उसका खून छींटा, काला और गाढ़ा, और वो फर्श पर गिर पड़ी। "ये मैं नहीं हूँ!" रुद्रांश रोया, लेकिन उसकी आँखों से आँसू नहीं, बल्कि काला धुआँ निकला। हेमलता ने आखिरी बार उसकी ओर देखा, उसकी आँखों में एक सवाल था"क्यों?"और फिर उसकी साँसें थम गईं।

"अच्छा किया," विक्रम की आवाज़ रुद्रांश के अंदर से गूँजी। "अब तुम मेरे होपूरा।" रुद्रांश का शरीर मुड़ा, और वो खिड़की की ओर बढ़ा। बाहर का शून्य अब शून्य नहीं थावहाँ चेहरे थे, सैकड़ों चेहरेरोते हुए, चीखते हुए, और उसकी ओर देखते हुए। उसकी माँ का चेहरा भी था वहाँ, उसकी आँखें खाली, मुँह से खून बहता हुआ। "रुद्रांश..." उसने फुसफुसाया, और वो आवाज़ उसके दिल को चीर गई।

तभी फर्श से उसकी डायरी उभरीखुदबखुद, जैसे कोई अनदेखी ताकत उसे उठा रही हो। पन्ने अपने आप पलटने लगे, और हर पन्ने पर एक

नया शब्द लिखा जा रहा थाखून से, रुद्रांश के खून से। "मैं... विक्रम... हूँ।" रुद्रांश का दिल रुक गया। उसने अपने हाथों को देखावो अब उसके नहीं थे। वो विक्रम के थे। उसकी आत्मा अब उसकी नहीं थी। वो विक्रम की थी।

केबिन की दीवारें हिलने लगीं, और बाहर के चेहरों ने चीखना शुरू कर दियाएक ऐसी चीख जो कभी खत्म नहीं होने वाली थी। रुद्रांशया जो कुछ वो अब थाखिड़की से बाहर कूद गया, और शून्य ने उसे निगल लिया। लेकिन वो अंत नहीं था। वो एक नई शुरुआत थीविक्रम की नई कहानी, जो अब रुद्रांश के शरीर से लिखी जाने वाली थी।

क्या कोई उसे रोक पाएगा? या ये अंधेरा अब हमेशा के लिए फैलता रहेगा? शून्य में एक हँसी गूँजीविक्रम की हँसीऔर फिर सन्नाटा छा गया, लेकिन वो सन्नाटा खाली नहीं था। वो भूखा था।

9

डर का नया चेहरा

रुद्रांश का शरीर उस शून्य में गिरता रहाएक अनंत काले गड्ढे में, जहाँ न ऊपर था, न नीचे, सिर्फ एक ठंडा, चिपचिपा अंधेरा। उसकी आँखें खुली थीं, लेकिन वो कुछ देख नहीं पा रहा था। उसका दिल अब धड़क नहीं रहा थाया शायद धड़क रहा था, लेकिन वो उसकी अपनी धड़कन नहीं थी। वो विक्रम की थी। उसकी साँसें अब उसकी नहीं थीं; हर साँस के साथ एक फुसफुसाहट गूँजती थी"मैं हूँ।" वो आवाज़ उसके अंदर से आ रही थी, उसके बाहर से आ रही थी, और उस शून्य के हर कोने से आ रही थी। रुद्रांश अब रुद्रांश नहीं था। वो कुछ और बन चुका थाकुछ ऐसा जो इंसान से परे था, कुछ ऐसा जो इस जगह का हिस्सा था।

अचानक एक तेज़ झटका लगा। उसका शरीर हवा में उछला और फिर एक ठोस सतह पर गिरा। फर्श गर्म था, जल रहा था, और उसमें से काला धुआँ उठ रहा था। उसने अपने हाथों को देखावो अब काले नहीं थे, लेकिन वो उसके हाथ भी नहीं थे। वो लंबे थे, पतले थे, और उंगलियों की जगह नाखून जैसे काले, नुकीले हथियार थे। उसने अपने चेहरे को छूने की कोशिश की, लेकिन उसकी उंगलियाँ एक ठंडी, सड़ी हुई सतह से टकराईं। उसका चेहरा अब चेहरा नहीं थावो एक खाली गड्ढा था, जिसमें से काला तरल टपक रहा था। "मैं कौन हूँ?" उसने सोचा, लेकिन उसकी आवाज़ बाहर नहीं आई। उसके गले से एक घुरघुराहट निकलीगहरी, डरावनी, और ऐसी जो उसने पहले कभी नहीं सुनी थी।

उसने अपने चारों ओर देखा। वो फिर से केबिन में थावही पुराना, जर्जर केबिनलेकिन अब वो पहले जैसा नहीं था। दीवारें अब मांस की थीं, लाल और धड़कती हुई, और उनमें से खून की पतली धाराएँ बह रही थीं। खिड़कियाँ अब खाली नहीं थींउनमें से काले, चिपचिपे हाथ बाहर निकल रहे थे, जैसे कोई उनसे बाहर आने की कोशिश कर रहा हो। बाहर का शून्य अब शून्य नहीं थावहाँ एक जंगल था, लेकिन वो जंगल जिंदा था। पेड़ों की टहनियाँ हिल रही थीं, लेकिन हवा नहीं थी। वो टहनियाँ इंसानी उंगलियों की तरह थींलंबी, टेढ़ी, और कुछ ढूँढ रही थीं। रुद्रांश का दिलएक पल के लिए रुक गया।

"ये क्या हो रहा है?" उसने सोचा, और तभी एक हँसी गूँजीविक्रम की हँसी। वो हँसी दीवारों से आई, फर्श से आई, और रुद्रांश के अपने सीने से आई। उसने अपने सीने की ओर देखावहाँ अब छेद नहीं था, लेकिन उसकी छाती अब उसकी नहीं थी। वो काली थी, चमकती हुई, और उसमें से काले, कीड़े जैसे जीव रेंग रहे थेछोटे, तेज़, और दाँतों से भरे। "तुम अब मेरे हो," वो आवाज़ फिर से गूँजी, और रुद्रांश का शरीर काँप उठा। उसने अपने हाथों को अपने चेहरे के पास लायाउसकी आँखें अब खाली नहीं थीं। वो लाल थीं, जल रही थीं, और उनमें से काला धुआँ निकल रहा था। वो चीखना चाहता था, लेकिन उसकी चीख एक हँसी बनकर निकलीविक्रम की हँसी।

तभी दरवाजा खुलाखुदबखुद, एक ज़ोरदार धमाके के साथ। बाहर से एक आकृति अंदर आई, लेकिन वो हेमलता नहीं थी। वो एक औरत थीलंबी, पतली, और उसका चेहरा ढका हुआ था। उसने एक काला लबादा पहना था, और उसके हाथों में एक पुरानी, जली हुई किताब थी। "रुद्रांश?" उसकी आवाज़ नरम थी, लेकिन उसमें एक ठंडक थी। रुद्रांश का शरीर अपने आप उसकी ओर मुड़ाउसके कंट्रोल के बिना। "तुम कौन हो?" उसने सोचा, लेकिन उसकी आवाज़ बाहर नहीं आई। उसकी जगह एक घुरघुराहट निकली, और उसका शरीर उस औरत की ओर बढ़ा।

"मैं तुम्हारी माँ हूँ," उसने कहा, और उसकी बात के साथ ही रुद्रांश का दिमाग ठप हो गया। "माँ?" उसने सोचा, लेकिन उसकी यादें अब उसकी नहीं थीं। उसकी माँ का चेहरावो गर्म मुस्कान, वो प्यार भरी आवाज़अब

धुंधला था। उस औरत ने अपना लबादा हटाया, और रुद्रांश की साँसःif he had anyरुक गईं। उसका चेहरा उसकी माँ का था, लेकिन वो उसकी माँ नहीं थी। उसकी आँखें खाली थीं, मुँह से काला खून बह रहा था, और उसकी त्वचा सड़ रही थी। "तुमने मुझे छोड़ दिया," उसने कहा, और उसकी आवाज़ अब नरम नहीं थीःवो चीख थी, दर्द भरी और भयानक।

"नहीं!" रुद्रांश अपने दिमाग में चीखा, लेकिन उसका शरीर उसकी बात नहीं मान रहा था। उसकी उंगलियाँःअब काले, नुकीले हथियारःउस औरत के गले की ओर बढ़ीं। "ये मैं नहीं हूँ!" उसने सोचा, लेकिन उसकी उंगलियाँ उसकी माँःया जो कुछ वो थीःके गले में धँस गईं। उसका खून छींटा, काला और गाढ़ा, और वो फर्श पर गिर पड़ी। "रुद्रांश..." उसने आखिरी बार कहा, और उसकी आँखें बंद हो गईं। रुद्रांश का दिल टूट गयाःif he still had oneःऔर उसकी आँखों से आँसू नहीं, बल्कि काला धुआँ निकला।

"अच्छा किया," विक्रम की आवाज़ उसके अंदर से गूँजी। "अब तुम सच में मेरे हो।" रुद्रांश का शरीर मुड़ा, और वो खिड़की की ओर बढ़ा। बाहर का जंगल अब जंगल नहीं थाःवहाँ एक शहर था, लेकिन वो शहर जिंदा था। इमारतें धड़क रही थीं, सड़कें खून से भरी थीं, और हर कोने से चीखें आ रही थीं। रुद्रांश ने देखाःवहाँ लोग थे, लेकिन वो लोग इंसान नहीं थे। उनकी आँखें खाली थीं, मुँह से काला तरल बह रहा था, और वो एकदूसरे को नोच रहे थे। "ये क्या है?" उसने सोचा, और विक्रम की हँसी फिर से गूँजी। "ये तुम्हारी नई दुनिया है," उसने कहा। "और तुम इसका राजा हो।"

रुद्रांश का शरीर खिड़की से बाहर कूद गया, और वो उस शहर में उतरा। फर्श उसके पैरों तले काँप रहा था, और हवा में खून की बू थी। उसने अपने चारों ओर देखाःहर चेहरा उसकी ओर देख रहा था, लेकिन वो चेहरे अब चेहरे नहीं थे। वो सड़े हुए थे, टूटे हुए थे, और उनमें से काले, कीड़े जैसे जीव रेंग रहे थे। "ये मैंने नहीं किया!" रुद्रांश अपने दिमाग में चीखा, लेकिन उसकी आवाज़ बाहर नहीं आई। उसकी जगह एक हँसी निकलीःविक्रम की हँसी।

तभी फर्श से एक आकृति उभरीलंबी, काली, और भयानक। उसका चेहरा नहीं था, सिर्फ एक मुँहबड़ा, खाली, और उसमें से काले दाँत दिख रहे थे। "विक्रम?" रुद्रांश ने सोचा, लेकिन वो विक्रम नहीं था। वो हेमलता थीया जो कुछ वो अब बन चुकी थी। उसका शरीर अब आधा नहीं था; वो पूरा था, लेकिन वो इंसान नहीं थी। उसकी आँखें लाल थीं, जल रही थीं, और उसका मुँह एक भयानक मुस्कान में फैला हुआ था। "तुमने मुझे मारा," उसने कहा, और उसकी आवाज़ गुफा की तरह गहरी थी। "अब मैं तुम्हें मारूँगी।"

रुद्रांश का शरीर अपने आप उसकी ओर बढ़ा, लेकिन इस बार कुछ अलग था। उसने अपने अंदर एक हलचल महसूस कीएक छोटी सी चिंगारी, जो अभी मरी नहीं थी। "मैं हूँ," उसने सोचा, और उसकी सोच के साथ ही उसका हाथ रुक गया। हेमलता चौंक गई। "क्या?" उसने कहा, और उसकी आँखें संकुचित हो गईं। रुद्रांश ने अपने अंदर गहरे तक देखावहाँ अभी भी कुछ बचा था, कुछ ऐसा जो विक्रम नहीं था। "मैं रुद्रांश हूँ," उसने सोचा, और उसकी सोच के साथ ही उसका शरीर काँप उठा।

"नहीं!" विक्रम की आवाज़ उसके अंदर से चीखी, और उसकी छाती से काले, कीड़े जैसे जीव तेज़ी से बाहर निकलने लगे। हेमलता ने मौका देखा और रुद्रांश की ओर झपटी। उसकी उंगलियाँअब काले, नुकीले हथियाररुद्रांश के सीने में धँस गईं। उसका खून छींटा, लेकिन वो खून काला नहीं थावो लाल था। "तुम अभी भी जिंदा हो," हेमलता ने कहा, और उसकी मुस्कान गायब हो गई। "लेकिन अब नहीं।"

रुद्रांश का शरीर फर्श पर गिरा, लेकिन इस बार वो मरा नहीं। उसने अपनी आँखें खोलींवो अब लाल नहीं थीं। वो उसकी अपनी आँखें थीं। उसने अपने चारों ओर देखाशहर गायब था। वो फिर से केबिन में थावही पुराना, जर्जर केबिन। लेकिन हेमलता अभी भी वहाँ थी, और उसकी आँखें अब भूखी थीं। "तुमने विक्रम को रोका," उसने कहा, और उसकी आवाज़ में एक नई ठंडक थी। "लेकिन अब मैं यहाँ हूँ। और ये जगह अब मेरी है।"

रुद्रांश का दिल फिर से धड़कने लगाऔर उसने अपने हाथों को देखा। वो अब काले नहीं थे। वो उसके अपने हाथ थे। लेकिन तभी फर्श से

एक नई आकृति उभरीलंबी, काली, और भयानक। उसका चेहरा नहीं था, सिर्फ एक मुँहबड़ा, खाली, और उसमें से काले दाँत दिख रहे थे। "विक्रम?" रुद्रांश ने सोचा, लेकिन वो विक्रम नहीं था। वो उसकी माँ थीया जो कुछ वो अब बन चुकी थी। "रुद्रांश..." उसने कहा, और उसकी आवाज़ दिल तोड़ने वाली थी।

"माँ?" रुद्रांश ने कहा, और उसकी आवाज़ इस बार बाहर आई। लेकिन उसकी माँ की आँखें अब खाली नहीं थीं। वो लाल थीं, जल रही थीं, और उसका मुँह एक भयानक मुस्कान में फैला हुआ था। "तुमने मुझे छोड़ दिया," उसने कहा, और उसकी उंगलियाँअब काले, नुकीले हथियाररुद्रांश की ओर बढ़ीं। हेमलता हँसी, और उसकी हँसी के साथ ही केबिन की दीवारें ढहने लगीं। "ये तुम्हारा अंत नहीं है," उसने कहा। "ये हमारा नया जन्म है।"

रुद्रांश का शरीर फिर से काँप उठा, और उसने अपने अंदर उस चिंगारी को फिर से महसूस किया। "मैं हूँ," उसने सोचा, और उसकी सोच के साथ ही उसका शरीर उठ खड़ा हुआ। हेमलता और उसकी माँया जो कुछ वो थींउसकी ओर बढ़ीं, लेकिन इस बार रुद्रांश पीछे नहीं हटा। उसने अपनी आँखें बंद कीं, और अपने अंदर गहरे तक देखा। वहाँ एक सच थाएक ऐसा सच जो अभी तक छिपा था। "मैं रुद्रांश हूँ," उसने कहा, और उसकी आवाज़ के साथ ही केबिन में एक तेज़ रोशनी फैल गईसफेद, जलती हुई।

हेमलता चीखी, उसकी माँ चीखी, और वो रोशनी उन्हें निगल गई। लेकिन रुद्रांश अभी भी वहाँ था। उसने अपनी आँखें खोलींवो अब केबिन में नहीं था। वो एक खाली, सफेद जगह में था। उसके सामने एक आकृति खड़ी थीलंबी, पतली, और उसका चेहरा ढका हुआ था। "तुम कौन हो?" रुद्रांश ने पूछा, और उसकी आवाज़ साफ थी। उस आकृति ने अपना लबादा हटाया, और रुद्रांश की साँस रुक गई। वो उसका अपना चेहरा थालेकिन वो उसका नहीं था। उसकी आँखें लाल थीं, मुँह से काला तरल बह रहा था, और उसकी मुस्कान भयानक थी।

"मैं तुम हूँ," उसने कहा, और उसकी आवाज़ रुद्रांश की अपनी आवाज़ थी। "और ये जगह अब हमारी है।" रुद्रांश का दिल रुक गयाif he still had oneऔर वो रोशनी फिर से गायब हो गई। वो फिर से केबिन में

थावही पुराना, जर्जर केबिन। लेकिन अब वो अकेला नहीं था। उसके सामने उसका अपना चेहरा थालाल आँखों वाला, भयानक मुस्कान वाला। "हम अब एक हैं," उसने कहा, और उसकी हँसी के साथ ही केबिन की दीवारें फिर से धड़कने लगीं।

रुद्रांश का शरीर काँप उठा, और उसने अपने अंदर उस चिंगारी को फिर से महसूस किया। "नहीं," उसने कहा, और उसकी आवाज़ में एक नई ताकत थी। "मैं तुम नहीं हूँ।" उसकी बात के साथ ही उसका शरीर फिर से उठ खड़ा हुआ, और वो उस आकृति की ओर बढ़ा। लेकिन तभी फर्श फट गया, और उसमें से एक नई आकृति उभरीलंबी, काली, और भयानक। उसका चेहरा नहीं था, सिर्फ एक मुँहबड़ा, खाली, और उसमें से काले दाँत दिख रहे थे। "विक्रम?" रुद्रांश ने सोचा, लेकिन वो विक्रम नहीं था। वो हेमलता थी। वो उसकी माँ थी। वो उसका अपना चेहरा था।

"हम सब एक हैं," उन्होंने एक साथ कहा, और उनकी आवाज़ के साथ ही केबिन ढह गया। रुद्रांश का शरीर उस अंधेरे में गिरा, और वो फिर से उस शून्य में था। लेकिन इस बार वो अकेला नहीं था। उसके चारों ओर चेहरे थेहेमलता, उसकी माँ, विक्रम, और उसका अपना चेहरा। "ये अंत नहीं है," उन्होंने कहा। "ये हमारा नया जन्म है।" रुद्रांश की चीख उस शून्य में गूँजी, लेकिन वो चीख अब उसकी नहीं थी। वो उनकी थी।

"मैं तुम हूँ," उसने कहा, और उसकी आवाज़ रुद्रांश की अपनी आवाज़ थी। "और ये जगह अब हमारी है।" रुद्रांश का दिल रुक गयाif he still had oneऔर वो रोशनी फिर से गायब हो गई। वो फिर से केबिन में थावही पुराना, जर्जर केबिन। लेकिन अब वो अकेला नहीं था। उसके सामने उसका अपना चेहरा थालाल आँखों वाला, भयानक मुस्कान वाला। "हम अब एक हैं," उसने कहा, और उसकी हँसी के साथ ही केबिन की दीवारें फिर से धड़कने लगीं।

रुद्रांश का शरीर काँप उठा, और उसने अपने अंदर उस चिंगारी को फिर से महसूस किया। "नहीं," उसने कहा, और उसकी आवाज़ में एक नई ताकत थी। "मैं तुम नहीं हूँ।" उसकी बात के साथ ही उसका शरीर फिर से उठ खड़ा हुआ, और वो उस आकृति की ओर बढ़ा। लेकिन तभी फर्श फट गया, और उसमें से एक नई आकृति उभरीलंबी, काली, और

भयानक। उसका चेहरा नहीं था, सिर्फ एक मुँहबड़ा, खाली, और उसमें से काले दाँत दिख रहे थे। "विक्रम?" रुद्रांश ने सोचा, लेकिन वो विक्रम नहीं था। वो हेमलता थी। वो उसकी माँ थी। वो उसका अपना चेहरा था।

"हम सब एक हैं," उन्होंने एक साथ कहा, और उनकी आवाज़ के साथ ही केबिन ढह गया। रुद्रांश का शरीर उस अंधेरे में गिरा, और वो फिर से उस शून्य में था। लेकिन इस बार वो अकेला नहीं था। उसके चारों ओर चेहरे थेहेमलता, उसकी माँ, विक्रम, और उसका अपना चेहरा। "ये अंत नहीं है," उन्होंने कहा। "ये हमारा नया जन्म है।" रुद्रांश की चीख उस शून्य में गूँजी, लेकिन वो चीख अब उसकी नहीं थी। वो उनकी थी।

10

अंतः अस्थि आरंभ

रुद्रांश उस शून्य में गिरता रहाएक काले, अनंत गड्ढे में, जहाँ समय और जगह का कोई मतलब नहीं था। उसकी चीखें अब उसकी नहीं थीं; वो हेमलता की थीं, विक्रम की थीं, उसकी माँ की थीं, और उसकी अपनीसब एक साथ, एक भयानक कोरस में मिलकर गूँज रही थीं। उसका शरीर अब उसका नहीं थावो काला था, सड़ा हुआ था, और उसमें से काले, कीड़े जैसे जीव रेंग रहे थे। उसकी आँखें लाल थीं, जल रही थीं, और उसका मुँह एक अनचाही हँसी में फैला हुआ था। लेकिन उसके अंदर अभी भी कुछ बचा थाएक छोटी सी चिंगारी, एक फुसफुसाहट, जो चीख रही थी: "मैं हूँ।" क्या वो सच में अभी भी रुद्रांश था? या वो अब इस जगह का एक हिस्सा बन चुका था?

अचानक एक तेज़ धमाका हुआ। उसका शरीर हवा में उछला और फिर एक ठोस सतह पर गिरा। फर्श गर्म था, जल रहा था, और उसमें से काला धुआँ उठ रहा था। उसने अपने हाथों को देखावो अब काले नहीं थे, लेकिन वो उसके हाथ भी नहीं थे। वो लंबे थे, पतले थे, और उंगलियों की जगह काले, नुकीले नाखून थे। उसने अपने चेहरे को छूने की कोशिश कीउसकी उंगलियाँ एक ठंडी, सड़ी हुई सतह से टकराईं। उसका चेहरा अब चेहरा नहीं थावो एक खाली गड्ढा था, जिसमें से काला तरल टपक रहा था। "मैं कौन हूँ?" उसने सोचा, लेकिन उसकी आवाज़ बाहर नहीं आई। उसके गले से एक घुरघुराहट निकलीगहरी, डरावनी, और ऐसी जो उसने

पहले कभी नहीं सुनी थी।

उसने अपने चारों ओर देखा। वो फिर से केबिन में थावही पुराना, जर्जर केबिनलेकिन अब वो पहले जैसा नहीं था। दीवारें अब मांस की थीं, लाल और धड़कती हुई, और उनमें से खून की पतली धाराएँ बह रही थीं। खिड़कियाँ अब खाली नहीं थींउनमें से काले, चिपचिपे हाथ बाहर निकल रहे थे, जैसे कोई उनसे बाहर आने की कोशिश कर रहा हो। बाहर का शून्य अब शून्य नहीं थावहाँ एक जंगल था, लेकिन वो जंगल जिंदा था। पेड़ों की टहनियाँ हिल रही थीं, लेकिन हवा नहीं थी। वो टहनियाँ इंसानी उंगलियों की तरह थींलंबी, टेढ़ी, और कुछ ढूँढ रही थीं। रुद्रांश का दिलएक पल के लिए रुक गया।

"ये क्या हो रहा है?" उसने सोचा, और तभी एक हँसी गूँजीविक्रम की हँसी। वो हँसी दीवारों से आई, फर्श से आई, और रुद्रांश के अपने सीने से आई। उसने अपने सीने की ओर देखावहाँ अब छेद नहीं था, लेकिन उसकी छाती अब उसकी नहीं थी। वो काली थी, चमकती हुई, और उसमें से काले, कीड़े जैसे जीव रेंग रहे थेछोटे, तेज़, और दाँतों से भरे। "तुम अब मेरे हो," वो आवाज़ फिर से गूँजी, और रुद्रांश का शरीर काँप उठा। उसने अपने हाथों को अपने चेहरे के पास लायाउसकी आँखें अब खाली नहीं थीं। वो लाल थीं, जल रही थीं, और उनमें से काला धुआँ निकल रहा था। वो चीखना चाहता था, लेकिन उसकी चीख एक हँसी बनकर निकलीविक्रम की हँसी।

तभी दरवाजा खुलाखुदबखुद, एक ज़ोरदार धमाके के साथ। बाहर से एक आकृति अंदर आईलंबी, पतली, और उसका चेहरा ढका हुआ था। उसने एक काला लबादा पहना था, और उसके हाथों में एक पुरानी, जली हुई किताब थी। "रुद्रांश?" उसकी आवाज़ नरम थी, लेकिन उसमें एक ठंडक थी। रुद्रांश का शरीर अपने आप उसकी ओर मुड़ाउसके कंट्रोल के बिना। "तुम कौन हो?" उसने सोचा, लेकिन उसकी आवाज़ बाहर नहीं आई। उसकी जगह एक घुरघुराहट निकली, और उसका शरीर उस आकृति की ओर बढ़ा।

"मैं तुम्हारी माँ हूँ," उसने कहा, और उसकी बात के साथ ही रुद्रांश का दिमाग ठप हो गया। "माँ?" उसने सोचा, लेकिन उसकी यादें अब उसकी

नहीं थीं। उसकी माँ का चेहरावो गर्म मुस्कान, वो प्यार भरी आवाज़अब धुंधला था। उस आकृति ने अपना लबादा हटाया, और रुद्रांश की साँसif he had anyरुक गईं। उसका चेहरा उसकी माँ का था, लेकिन वो उसकी माँ नहीं थी। उसकी आँखें खाली थीं, मुँह से काला खून बह रहा था, और उसकी त्वचा सड़ रही थी। "तुमने मुझे छोड़ दिया," उसने कहा, और उसकी आवाज़ अब नरम नहीं थीवो चीख थी, दर्द भरी और भयानक।

"नहीं!" रुद्रांश अपने दिमाग में चीखा, लेकिन उसका शरीर उसकी बात नहीं मान रहा था। उसकी उंगलियाँअब काले, नुकीले हथियारउस आकृति के गले की ओर बढ़ीं। "ये मैं नहीं हूँ!" उसने सोचा, लेकिन उसकी उंगलियाँ उसकी माँया जो कुछ वो थीके गले में धँस गईं। उसका खून छींटा, काला और गाढ़ा, और वो फर्श पर गिर पड़ी। "रुद्रांश..." उसने आखिरी बार कहा, और उसकी आँखें बंद हो गईं। रुद्रांश का दिल टूट गयाif he still had oneऔर उसकी आँखों से आँसू नहीं, बल्कि काला धुआँ निकला।

"अच्छा किया," विक्रम की आवाज़ उसके अंदर से गूँजी। "अब तुम सच में मेरे हो।" रुद्रांश का शरीर मुड़ा, और वो खिड़की की ओर बढ़ा। बाहर का जंगल अब जंगल नहीं थावहाँ एक शहर था, लेकिन वो शहर जिंदा था। इमारतें धड़क रही थीं, सड़कें खून से भरी थीं, और हर कोने से चीखें आ रही थीं। रुद्रांश ने देखावहाँ लोग थे, लेकिन वो लोग इंसान नहीं थे। उनकी आँखें खाली थीं, मुँह से काला तरल बह रहा था, और वो एकदूसरे को नोच रहे थे। "ये क्या है?" उसने सोचा, और विक्रम की हँसी फिर से गूँजी। "ये तुम्हारी नई दुनिया है," उसने कहा। "और तुम इसका राजा हो।"

रुद्रांश का शरीर खिड़की से बाहर कूद गया, और वो उस शहर में उतरा। फर्श उसके पैरों तले काँप रहा था, और हवा में खून की बू थी। उसने अपने चारों ओर देखाहर चेहरा उसकी ओर देख रहा था, लेकिन वो चेहरे अब चेहरे नहीं थे। वो सड़े हुए थे, टूटे हुए थे, और उनमें से काले, कीड़े जैसे जीव रेंग रहे थे। "ये मैंने नहीं किया!" रुद्रांश अपने दिमाग में चीखा, लेकिन उसकी आवाज़ बाहर नहीं आई। उसकी जगह एक हँसी निकलीविक्रम की हँसी।

तभी फर्श से एक आकृति उभरीलंबी, काली, और भयानक। उसका चेहरा नहीं था, सिर्फ एक मुँहबड़ा, खाली, और उसमें से काले दाँत दिख रहे थे। "विक्रम?" रुद्रांश ने सोचा, लेकिन वो विक्रम नहीं था। वो हेमलता थीया जो कुछ वो अब बन चुकी थी। उसका शरीर अब आधा नहीं था; वो पूरा था, लेकिन वो इसान नहीं थी। उसकी आँखें लाल थीं, जल रही थीं, और उसका मुँह एक भयानक मुस्कान में फैला हुआ था। "तुमने मुझे मारा," उसने कहा, और उसकी आवाज़ गुफा की तरह गहरी थी। "अब मैं तुम्हें मारूँगी।"

रुद्रांश का शरीर अपने आप उसकी ओर बढ़ा, लेकिन इस बार कुछ अलग था। उसने अपने अंदर एक हलचल महसूस कीएक छोटी सी चिंगारी, जो अभी मरी नहीं थी। "मैं हूँ," उसने सोचा, और उसकी सोच के साथ ही उसका हाथ रुक गया। हेमलता चौंक गई। "क्या?" उसने कहा, और उसकी आँखें संकुचित हो गईं। रुद्रांश ने अपने अंदर गहरे तक देखावहाँ अभी भी कुछ बचा था, कुछ ऐसा जो विक्रम नहीं था। "मैं रुद्रांश हूँ," उसने सोचा, और उसकी सोच के साथ ही उसका शरीर काँप उठा।

"नहीं!" विक्रम की आवाज़ उसके अंदर से चीखी, और उसकी छाती से काले, कीड़े जैसे जीव तेज़ी से बाहर निकलने लगे। हेमलता ने मौका देखा और रुद्रांश की ओर झपटी। उसकी उंगलियाँअब काले, नुकीले हथियाररुद्रांश के सीने में धँस गईं। उसका खून छींटा, लेकिन वो खून काला नहीं थावो लाल था। "तुम अभी भी जिंदा हो," हेमलता ने कहा, और उसकी मुस्कान गायब हो गई। "लेकिन अब नहीं।"

रुद्रांश का शरीर फर्श पर गिरा, लेकिन इस बार वो मरा नहीं। उसने अपनी आँखें खोलींवो अब लाल नहीं थीं। वो उसकी अपनी आँखें थीं। उसने अपने चारों ओर देखाशहर गायब था। वो फिर से केबिन में थावही पुराना, जर्जर केबिन। लेकिन हेमलता अभी भी वहाँ थी, और उसकी आँखें अब भूखी थीं। "तुमने विक्रम को रोका," उसने कहा, और उसकी आवाज़ में एक नई ठंडक थी। "लेकिन अब मैं यहाँ हूँ। और ये जगह अब मेरी है।"

रुद्रांश का दिल फिर से धड़कने लगाऔर उसने अपने हाथों को देखा। वो अब काले नहीं थे। वो उसके अपने हाथ थे। लेकिन तभी फर्श से

एक नई आकृति उभरीलंबी, काली, और भयानक। उसका चेहरा नहीं था, सिर्फ एक मुँहबड़ा, खाली, और उसमें से काले दाँत दिख रहे थे। "विक्रम?" रुद्रांश ने सोचा, लेकिन वो विक्रम नहीं था। वो उसकी माँ थीया जो कुछ वो अब बन चुकी थी। "रुद्रांश..." उसने कहा, और उसकी आवाज़ दिल तोड़ने वाली थी।

"माँ?" रुद्रांश ने कहा, और उसकी आवाज़ इस बार बाहर आई। लेकिन उसकी माँ की आँखें अब खाली नहीं थीं। वो लाल थीं, जल रही थीं, और उसका मुँह एक भयानक मुस्कान में फैला हुआ था। "तुमने मुझे छोड़ दिया," उसने कहा, और उसकी उंगलियाँअब काले, नुकीले हथियाररुद्रांश की ओर बढ़ीं। हेमलता हँसी, और उसकी हँसी के साथ ही केबिन की दीवारें ढहने लगीं। "ये तुम्हारा अंत नहीं है," उसने कहा। "ये हमारा नया जन्म है।"

रुद्रांश का शरीर फिर से काँप उठा, और उसने अपने अंदर उस चिंगारी को फिर से महसूस किया। "मैं हूँ," उसने सोचा, और उसकी सोच के साथ ही उसका शरीर उठ खड़ा हुआ। हेमलता और उसकी माँया जो कुछ वो थींउसकी ओर बढ़ीं, लेकिन इस बार रुद्रांश पीछे नहीं हटा। उसने अपनी आँखें बंद कीं, और अपने अंदर गहरे तक देखा। वहाँ एक सच थाएक ऐसा सच जो अभी तक छिपा था। "मैं रुद्रांश हूँ," उसने कहा, और उसकी आवाज़ के साथ ही केबिन में एक तेज़ रोशनी फैल गईसफेद, जलती हुई।

हेमलता चीखी, उसकी माँ चीखी, और वो रोशनी उन्हें निगल गई। लेकिन रुद्रांश अभी भी वहाँ था। उसने अपनी आँखें खोलींवो अब केबिन में नहीं था। वो एक खाली, सफेद जगह में था। उसके सामने एक आकृति खड़ी थीलंबी, पतली, और उसका चेहरा ढका हुआ था। "तुम कौन हो?" रुद्रांश ने पूछा, और उसकी आवाज़ साफ थी। उस आकृति ने अपना लबादा हटाया, और रुद्रांश की साँस रुक गई। वो उसका अपना चेहरा थालेकिन वो उसका नहीं था। उसकी आँखें लाल थीं, मुँह से काला तरल बह रहा था, और उसकी मुस्कान भयानक थी।

"मैं तुम हूँ," उसने कहा, और उसकी आवाज़ रुद्रांश की अपनी आवाज़ थी। "और ये जगह अब हमारी है।" रुद्रांश का दिल रुक गयाif he still had oneऔर वो रोशनी फिर से गायब हो गई। वो फिर से केबिन में

थावही पुराना, जर्जर केबिन। लेकिन अब वो अकेला नहीं था। उसके सामने उसका अपना चेहरा थालाल आँखों वाला, भयानक मुस्कान वाला। "हम अब एक हैं," उसने कहा, और उसकी हँसी के साथ ही केबिन की दीवारें फिर से धड़कने लगीं।

रुद्रांश का शरीर काँप उठा, और उसने अपने अंदर उस चिंगारी को फिर से महसूस किया। "नहीं," उसने कहा, और उसकी आवाज़ में एक नई ताकत थी। "मैं तुम नहीं हूँ।" उसकी बात के साथ ही उसका शरीर फिर से उठ खड़ा हुआ, और वो उस आकृति की ओर बढ़ा। लेकिन तभी फर्श फट गया, और उसमें से एक नई आकृति उभरीलंबी, काली, और भयानक। उसका चेहरा नहीं था, सिर्फ एक मुँहबड़ा, खाली, और उसमें से काले दाँत दिख रहे थे। "विक्रम?" रुद्रांश ने सोचा, लेकिन वो विक्रम नहीं था। वो हेमलता थी। वो उसकी माँ थी। वो उसका अपना चेहरा था।

"हम सब एक हैं," उन्होंने एक साथ कहा, और उनकी आवाज़ के साथ ही केबिन ढह गया। रुद्रांश का शरीर उस अंधेरे में गिरा, और वो फिर से उस शून्य में था। लेकिन इस बार वो अकेला नहीं था। उसके चारों ओर चेहरे थेहेमलता, उसकी माँ, विक्रम, और उसका अपना चेहरा। "ये अंत नहीं है," उन्होंने कहा। "ये हमारा नया जन्म है।" रुद्रांश की चीख उस शून्य में गूँजी, लेकिन वो चीख अब उसकी नहीं थी। वो उनकी थी।

तभी एक नई आवाज़ गूँजीगहरी, प्राचीन, और ऐसी जो हड्डियों तक काँपन पैदा कर दे। "रुद्रांश..." उसने कहा, और उसकी बात के साथ ही शून्य काँप उठा। रुद्रांश ने अपने चारों ओर देखावहाँ एक नई आकृति थी, लंबी, पतली, और उसका चेहरा ढका हुआ था। "तुम कौन हो?" रुद्रांश ने पूछा, और उसकी आवाज़ इस बार बाहर आई। उस आकृति ने अपना लबादा हटाया, और रुद्रांश की साँस रुक गई। वो कोई चेहरा नहीं थावहाँ सिर्फ एक खाली गड्ढा था, जिसमें से काला धुआँ निकल रहा था। "मैं वो हूँ जो इस जगह को बनाया," उसने कहा, और उसकी आवाज़ में एक ठंडक थी। "और मैं वो हूँ जो इसे खत्म करेगा।"

रुद्रांश का दिमाग ठप हो गया। "क्या?" उसने कहा, और उसकी बात के साथ ही शून्य में एक तेज़ रोशनी फैल गईसफेद, जलती हुई। हेमलता चीखी, उसकी माँ चीखी, विक्रम चीखा, और उसका अपना चेहरा चीखा।

लेकिन वो नई आकृति हँसीएक ऐसी हँसी जो दिल को ठंडा कर दे। "तुमने सोचा ये तुम्हारी कहानी है," उसने कहा। "लेकिन ये मेरी कहानी है। और मैं अभी शुरू कर रहा हूँ।"

रोशनी के साथ ही शून्य ढह गया, और रुद्रांश का शरीर फिर से गिरने लगा। लेकिन इस बार वो अकेला नहीं था। उसके चारों ओर चेहरे थेहेमलता, उसकी माँ, विक्रम, और उसका अपना चेहरालेकिन वो अब चीख नहीं रहे थे। वो हँस रहे थे। "हम अभी खत्म नहीं हुए," उन्होंने एक साथ कहा, और उनकी हँसी के साथ ही रुद्रांश का शरीर एक नई सतह पर गिरा। उसने अपनी आँखें खोलींवो फिर से केबिन में थावही पुराना, जर्जर केबिन। लेकिन अब वो अकेला नहीं था। उसके सामने वो नई आकृति थीखाली चेहरा, काला धुआँ, और एक भयानक मुस्कान।

"ये क्या है?" रुद्रांश ने पूछा, और उसकी आवाज़ काँप रही थी। "ये अंत नहीं है," उस आकृति ने कहा। "ये एक नई शुरुआत है। और तुम इसका हिस्सा हो।" उसकी बात के साथ ही केबिन की दीवारें फिर से धड़कने लगीं, और फर्श से एक नई डायरी उभरीखून से सनी, और उस पर एक नया नाम लिखा हुआ था। "रुद्रांश," उसने पढ़ा, और उसका दिल रुक गयाif he still had one।

"मैं हूँ," उसने सोचा, और उसकी सोच के साथ ही वो आकृति गायब हो गई। लेकिन उसकी हँसी अभी भी हवा में गूँज रही थी। रुद्रांश ने डायरी उठाई, और पन्ने अपने आप पलटने लगे। हर पन्ने पर एक नई कहानी थीउसकी कहानी, हेमलता की कहानी, विक्रम की कहानी, और उसकी माँ की कहानी। लेकिन आखिरी पन्ना खाली था। "ये क्या मतलब है?" उसने सोचा, और तभी एक नई आवाज़ गूँजीउसकी अपनी आवाज़। "लिखो," उसने कहा। "या ये जगह तुम्हें फिर से निगल लेगी।"

रुद्रांश का हाथ काँप उठा। उसने पेन उठाया, और उसकी उंगलियाँ पन्ने पर बढ़ीं। लेकिन इससे पहले कि वो कुछ लिख पाता, फर्श फिर से फट गया, और उसमें से एक नई आकृति उभरीलंबी, काली, और भयानक। उसका चेहरा नहीं था, सिर्फ एक मुँहबड़ा, खाली, और उसमें से काले दाँत दिख रहे थे। "रुद्रांश..." उसने कहा, और उसकी आवाज़ में एक नई ठंडक थी। "हम अभी शुरू कर रहे हैं।"

रुद्रांश की चीख उस केबिन में गूँजी, लेकिन वो चीख अब उसकी नहीं थी। वो उनकी थी। और वो हँसीवो भयानक हँसीअभी भी हवा में गूँज रही थी। क्या ये सच में अंत था? या ये एक नई कहानी की शुरुआत थी, जो कभी खत्म नहीं होगी? रुद्रांश का हाथ पन्ने पर रुक गया, और अंधेरा फिर से गहरा हो गयालेकिन वो अंधेरा खाली नहीं था। वो जिंदा था। वो भूखा था। और वो इंतज़ार कर रहा था।

11

अतीत का काला साया

रुद्रांश का हाथ उस खाली पन्ने पर थमा हुआ था, पेन से खून टपक रहा था, और उसकी साँसें अंधेरे में काँप रही थीं। वो केबिनवही पुराना, जर्जर केबिनअब एक जिंदा कब्र की तरह लग रहा था। दीवारें धड़क रही थीं, फर्श से काला धुआँ उठ रहा था, और हवा में वो हँसीविक्रम की, हेमलता की, उसकी माँ की, और उसकी अपनीअभी भी गूँज रही थी। लेकिन तभी एक नई आवाज़ उभरीगहरी, कर्कश, और ऐसी जो हड्डियों तक ठंडक भर दे। "रुद्रांश..." उसने कहा, और उसकी बात के साथ ही फर्श फिर से फट गया। रुद्रांश का दिलif he still had oneएक पल के लिए रुक गया। उसने ऊपर देखा, और वहाँ एक नई आकृति थीलंबी, पतली, और उसका चेहरा एक पुराने, जले हुए कपड़े से ढका हुआ था।

"तुम कौन हो?" रुद्रांश ने पूछा, उसकी आवाज़ काँप रही थी। उस आकृति ने धीरे से अपना कपड़ा हटाया, और रुद्रांश की साँस अटक गई। वो एक बूढ़ा आदमी थाउसकी त्वचा झुर्रियों से भरी, आँखें गहरे गड्ढों में धँसी हुई, और मुँह एक टेढ़ी, भयानक मुस्कान में फैला हुआ। उसकी आँखों में एक पीली चमक थी, और उसके हाथों में एक पुरानी, सड़ी हुई डायरी थीरुद्रांश की डायरी से भी पुरानी। "मैं शंकर हूँ," उसने कहा, उसकी आवाज़ में एक ठंडक थी जो हवा को जमा दे। "और मैं यहाँ से शुरू हुआ

थासब कुछ।"

रुद्रांश का दिमाग ठप हो गया। "शंकर?" उसने फुसफुसाया, और उस नाम के साथ ही केबिन की दीवारें तेज़ी से धड़कने लगीं, जैसे वो उस नाम को पहचानती हों। शंकर हँसाएक ऐसी हँसी जो कानों को चीर दे। "हाँ, रुद्रांश," उसने कहा। "मैं वो हूँ जिसने इस जगह को जन्म दिया। मैं वो हूँ जिसने विक्रम को बनाया। और मैं वो हूँ जिसने तुम्हें यहाँ बुलाया।" उसकी बात के साथ ही फर्श से काले, चिपचिपे हाथ निकलने लगेलंबे, टेढ़े, और रुद्रांश की ओर बढ़ते हुए।

"क्या मतलब?" रुद्रांश ने चीखकर पूछा, उसका शरीर पीछे हटने की कोशिश कर रहा था। लेकिन शंकर आगे बढ़ा, उसकी पीली आँखें रुद्रांश को भेद रही थीं। "ये जगह मेरी थी," उसने कहा। "सत्तर साल पहले, मैं यहाँ आया थाएक लेखक, तुम्हारी तरह। मेरे पास सपने थे, कहानियाँ थी, और एक भूख थीएक ऐसी भूख जो कभी खत्म नहीं हुई।" उसने अपनी डायरी खोली, और पन्ने अपने आप पलटने लगे। हर पन्ने पर खून से लिखे शब्द थेटेढ़ेमेढ़े, चीखते हुए। "मैंने अपनी कहानियों को यहाँ डाला," उसने कहा। "लेकिन वो कहानियाँ मुझसे बड़ी हो गईं। उन्होंने मुझे खा लिया। और फिर मैंने इस जगह को खा लिया।"

रुद्रांश का दिलif he still had oneतेज़ी से धड़कने लगा। "तुमने विक्रम को बनाया?" उसने पूछा, उसकी आवाज़ में डर और गुस्सा था। शंकर की मुस्कान गहरी हो गई। "हाँ," उसने कहा। "विक्रम मेरा शिष्य थाएक और लेखक, जो मेरे पीछे यहाँ आया। मैंने उसे सिखायाकहानियाँ लिखना, सच को सपनों से मिलाना। लेकिन उसकी भूख मुझसे भी बड़ी थी। उसने मेरी जगह ले ली। उसने इस केबिन को अपना बना लिया। और फिर उसने मुझे मार दियाor so he thought!" उसकी बात के साथ ही फर्श से एक नई आकृति उभरीविक्रम, लंबा, काला, और उसका मुँह एक भयानक मुस्कान में फैला हुआ।

"शंकर!" विक्रम की आवाज़ गहरी थी, गुस्से से भरी। "तुम यहाँ क्या कर रहे हो?" उसने चीखा, और उसकी बात के साथ ही केबिन की दीवारें काँप उठीं। शंकर हँसा। "मैं वापस आया हूँ, विक्रम," उसने कहा। "ये जगह मेरी थी। और अब मैं इसे फिर से लेने आया हूँ।" उसकी बात

के साथ ही उसकी डायरी से एक तेज़ रोशनी निकलीपीली, जलती हुई। विक्रम चीखा, उसका शरीर पिघलने लगा, लेकिन उसकी हँसी बंद नहीं हुई। "तुम हार चुके हो, शंकर," उसने कहा। "ये जगह अब मेरी है। और रुद्रांश भी मेरा है।"

रुद्रांश का शरीर काँप उठा। "नहीं!" उसने चीखा, और उसकी आवाज़ इस बार बाहर आई। उसने अपने अंदर उस चिंगारी को फिर से महसूस कियावो छोटी सी उम्मीद, जो अभी मरी नहीं थी। "मैं तुम्हारा नहीं हूँ," उसने कहा, और उसकी बात के साथ ही उसका शरीर उठ खड़ा हुआ। लेकिन तभी एक नई आकृति उभरीहेमलता, उसकी आँखें लाल, मुँह से काला खून बहता हुआ। "तुम सब गलत हो," उसने कहा, उसकी आवाज़ में एक नई ठंडक थी। "ये जगह किसी की नहीं है। ये जगह खुद है। और मैं इसका हिस्सा हूँ।"

शंकर चौंक गया। "हेमलता?" उसने कहा, और उसकी पीली आँखें संकुचित हो गईं। हेमलता हँसीएक ऐसी हँसी जो दिल को ठंडा कर दे। "हाँ, शंकर," उसने कहा। "तुमने मुझे भुला दिया था, है ना? 1973 में, जब तुमने मुझे यहाँ दफनाया थाजिंदा। तुमने सोचा था कि मैं मर जाऊँगी। लेकिन मैं नहीं मरी। इस जगह ने मुझे रखा। इसने मुझे बनाया। और अब मैं यहाँ हूँतुम सबको खत्म करने।" उसकी बात के साथ ही फर्श से काले, चिपचिपे हाथ निकलने लगेसैकड़ों, हज़ारोंऔर वो शंकर, विक्रम, और रुद्रांश की ओर बढ़े।

"क्या?" रुद्रांश ने चीखा, उसका दिमाग ठप हो गया। शंकर की मुस्कान गायब हो गई। "तुम जिंदा हो?" उसने कहा, उसकी आवाज़ में डर था। हेमलता आगे बढ़ी, उसका शरीर अब आधा धुंध, आधा मांस। "हाँ," उसने कहा। "और मैंने तुम सबको देखातुम्हारी कहानियाँ, तुम्हारे सपने, तुम्हारी भूख। लेकिन अब मेरी बारी है।" उसकी बात के साथ ही केबिन की दीवारें ढहने लगीं, और फर्श से एक नया गड्ढा उभराकाला, गहरा, और उसमें से चीखें आ रही थीं।

रुद्रांश का शरीर पीछे हटा, लेकिन वो काले हाथ उसे पकड़ने लगे। "नहीं!" उसने चीखा, और उसकी चीख के साथ ही उसकी डायरी फर्श पर गिरी। पन्ने अपने आप पलटने लगे, और हर पन्ने पर एक नया नाम

उभर रहा थाशंकर, विक्रम, हेमलता। लेकिन आखिरी पन्ने पर उसका अपना नाम थारुद्रांश। "ये क्या मतलब है?" उसने सोचा, और तभी शंकर की आवाज़ गूँजी। "ये जगह हम सबको खाती है," उसने कहा। "लेकिन ये कभी खत्म नहीं होती। ये हमेशा भूखी रहती है।"

विक्रम चीखा, उसका शरीर उन काले हाथों में घुलने लगा। "शंकर, तुमने ये शुरू किया!" उसने कहा, और उसकी बात के साथ ही उसकी आँखें लाल हो गईं। हेमलता हँसी। "और मैं इसे खत्म करूँगी," उसने कहा। उसकी बात के साथ ही वो गड्ढा बड़ा हो गया, और उसमें से एक नई आकृति उभरीलंबी, काली, और उसका चेहरा नहीं था। वो शंकर था, विक्रम था, हेमलता थीऔर रुद्रांश का अपना चेहरा भी था। "हम सब एक हैं," उसने कहा, और उसकी आवाज़ में एक नई ठंडक थी।

रुद्रांश का दिलif he still had oneरुक गया। "नहीं!" उसने चीखा, और उसकी चीख के साथ ही उसका शरीर उस गड्ढे की ओर खिंचा जाने लगा। लेकिन तभी एक नई आवाज़ गूँजीनरम, परिचित, और ऐसी जो उसके दिल को छू गई। "रुद्रांश..." उसने कहा, और रुद्रांश ने ऊपर देखा। वहाँ एक और आकृति थीएक औरत, उसकी आँखें भूरी, चेहरा गर्म और प्यार भरा। "माँ?" उसने फुसफुसाया, और उसकी बात के साथ ही वो काले हाथ रुक गए।

"हाँ, बेटा," उसने कहा, और उसकी आवाज़ में एक दर्द था। "मैं यहाँ हूँ। मैं हमेशा यहाँ थी।" रुद्रांश की आँखों से आँसूif you could call them thatनिकलने लगे। "माँ, ये क्या है?" उसने पूछा, और उसकी माँ आगे बढ़ी। "ये जगह एक अभिशाप है," उसने कहा। "शंकर ने इसे शुरू किया। उसने अपनी भूख को यहाँ डाला, और फिर ये सबको खाने लगी। मैंने तुम्हें बचाने की कोशिश की, लेकिन मैं भी इसमें फँस गई।" उसकी बात के साथ ही उसका चेहरा बदलने लगाउसकी आँखें खाली हो गईं, मुँह से काला खून बहने लगा।

"नहीं!" रुद्रांश चीखा, और उसकी चीख के साथ ही उसकी माँ गायब हो गई। शंकर हँसा। "तुम्हारी माँ भी मेरी थी," उसने कहा। "उसने मुझे रोका थासत्तर साल पहले। उसने मेरी डायरी जला दी थी। लेकिन मैं वापस आया। और अब तुम यहाँ हो।" उसकी बात के साथ ही वो गड्ढा

फिर से बड़ा हो गया, और उसमें से चीखें तेज़ हो गईं। हेमलता आगे बढ़ी। "तुम सब झूठे हो," उसने कहा। "ये जगह मेरी है। मैंने इसे अपने खून से बनाया।"

रुद्रांश का दिमाग ठप हो गया। "क्या सच है?" उसने सोचा, और उसकी सोच के साथ ही उसकी डायरी फिर से उसके हाथ में आ गई। पन्ने अपने आप पलटने लगे, और हर पन्ने पर एक नया सच उभर रहा था। "शंकरएक लेखक, जिसने अपनी आत्मा इस जगह को दी। विक्रमउसका शिष्य, जिसने अपने गुरु को मार दिया। हेमलताएक औरत, जिसे जिंदा दफनाया गया। और माँजिसने अपने बेटे को बचाने की कोशिश की।" लेकिन आखिरी पन्ने पर एक नया नाम थारुद्रांश। "मैं क्या हूँ?" उसने सोचा, और उसकी सोच के साथ ही वो गड्ढा उसे निगलने लगा।

"लिखो!" शंकर चीखा। "लिखो!" विक्रम चीखा। "लिखो!" हेमलता चीखी। और तभी उसकी माँ की आवाज़ फिर से गूँजी। "नहीं, रुद्रांश," उसने कहा। "लिखना बंद करो। ये जगह तुम्हारी कहानी नहीं है।" रुद्रांश का हाथ रुक गया। "क्या?" उसने कहा, और उसकी बात के साथ ही वो गड्ढा काँप उठा। "लिखना बंद करो," उसकी माँ ने कहा। "ये जगह तुमसे लिखवाती है। ये तुम्हें खाती है। लेकिन अगर तुम रुक गए, तो ये मर जाएगी।"

शंकर चीखा। "नहीं!" उसने कहा, और उसकी पीली आँखें लाल हो गईं। विक्रम चीखा। "तुम ऐसा नहीं कर सकते!" उसने कहा, और उसका शरीर फिर से पिघलने लगा। हेमलता चीखी। "मैं तुम्हें नहीं छोड़ूँगी!" उसने कहा, और उसकी उंगलियाँ रुद्रांश की ओर बढ़ीं। लेकिन रुद्रांश ने डायरी फर्श पर फेंक दी। "बस," उसने कहा, और उसकी आवाज़ में एक नई ताकत थी। "मैं नहीं लिखूँगा।"

उसकी बात के साथ ही केबिन ढह गया। दीवारें पिघलने लगीं, फर्श फट गया, और वो गड्ढा बंद होने लगा। शंकर चीखा, उसका शरीर काले धुएँ में बदल गया। विक्रम चीखा, उसका मुँह एक खाली गड्ढे में सिमट गया। हेमलता चीखी, उसकी आँखें लाल से काली हो गईं। और रुद्रांश की माँउसकी असली माँउसके सामने खड़ी थी। "तुमने कर दिखाया," उसने कहा, और उसकी मुस्कान गर्म थी।

लेकिन तभी एक नई आवाज़ गूँजीगहरी, प्राचीन, और ऐसी जो हड्डियों तक काँपन पैदा कर दे। "ये खत्म नहीं हुआ," उसने कहा, और उसकी बात के साथ ही फर्श से एक नई आकृति उभरीलंबी, काली, और उसका चेहरा नहीं था। वो शंकर था। वो विक्रम था। वो हेमलता थी। और वो रुद्रांश का अपना चेहरा था। "हम अभी भी यहाँ हैं," उसने कहा, और उसकी आवाज़ में एक नई ठंडक थी। "और हम हमेशा यहाँ रहेंगे।"

रुद्रांश का शरीर काँप उठा। "नहीं," उसने कहा, और उसकी बात के साथ ही वो रोशनी फिर से फैल गईसफेद, जलती हुई। लेकिन इस बार वो रोशनी उसे निगल गई। उसने अपनी आँखें खोलींवो अब केबिन में नहीं था। वो एक खाली, सफेद जगह में था। उसके सामने उसकी माँ थीउसकी असली माँ। "तुम सुरक्षित हो," उसने कहा, और उसकी मुस्कान में एक शांति थी।

लेकिन तभी फर्श से एक नई डायरी उभरीखून से सनी, और उस पर एक नया नाम लिखा हुआ था। "रुद्रांश," उसने पढ़ा, और उसका दिलif he still had oneरुक गया। "ये क्या मतलब है?" उसने पूछा, और उसकी माँ की मुस्कान गायब हो गई। "ये जगह कभी खत्म नहीं होती," उसने कहा। "ये हमेशा भूखी रहती है। और ये हमेशा किसी न किसी को बुलाती है।"

रुद्रांश का हाथ डायरी की ओर बढ़ा, लेकिन उसने खुद को रोक लिया। "नहीं," उसने कहा। "मैं नहीं लिखूँगा।" उसकी बात के साथ ही वो सफेद जगह काँप उठी, और उसकी माँ गायब हो गई। लेकिन उसकी आवाज़ अभी भी हवा में गूँज रही थी। "तुमने इसे रोका," उसने कहा। "लेकिन ये हमेशा इंतज़ार करेगी।"

रुद्रांश अकेला रह गयाउस खाली, सफेद जगह में। उसके सामने डायरी थी, और उसका पेन अभी भी खून से सना हुआ था। वो लिख सकता था। वो रुक सकता था। लेकिन तभी एक नई आवाज़ गूँजीउसकी अपनी आवाज़। "लिखो," उसने कहा। "या ये जगह फिर से शुरू होगी।" रुद्रांश का हाथ काँप उठा। उसने पेन उठाया, और उसकी उंगलियाँ पन्ने पर बढ़ीं। लेकिन इससे पहले कि वो कुछ लिख पाता, फर्श फिर से फट गया, और उसमें से एक नई आकृति उभरीलंबी, काली, और उसका चेहरा

नहीं था।

"रुद्रांश..." उसने कहा, और उसकी आवाज़ में एक नई ठंडक थी। "हम अभी शुरू कर रहे हैं।" रुद्रांश की चीख उस खाली जगह में गूँजी, लेकिन वो चीख अब उसकी नहीं थी। वो उनकी थी। और वो हँसीवो भयानक हँसीअभी भी हवा में गूँज रही थी। क्या ये सच में खत्म हुआ था? या ये एक नई कहानी की शुरुआत थी, जो कभी खत्म नहीं होगी? रुद्रांश का हाथ पन्ने पर रुक गया, और अंधेरा फिर से गहरा हो गयालेकिन वो अंधेरा खाली नहीं था। वो जिंदा था। वो भूखा था। और वो इंतज़ार कर रहा थाकिसी नए लेखक के लिए, किसी नई कहानी के लिए।

12

भूख का अनंत चक्र

रुद्रांश उस खाली, सफेद जगह में खड़ा था, उसकी उंगलियाँ डायरी के ऊपर थमी हुई थीं। पेन से खून टपक रहा था, और उसकी साँसेंif you could call them thatहवा में काँप रही थीं। वो अंधेरा, जो उसे निगलने की कोशिश कर रहा था, अब शांत थालेकिन वो शांति झूठी थी। वो जिंदा था, वो भूखा था, और वो इंतज़ार कर रहा था। उसके सामने उसकी माँ की आखिरी फुसफुसाहट अभी भी गूँज रही थी"ये जगह कभी खत्म नहीं होती।" शंकर, विक्रम, हेमलतासब गायब हो चुके थे, लेकिन उनकी मौजूदगी अभी भी हवा में थी, एक ठंडी, चिपचिपी परछाई की तरह। रुद्रांश का दिलif he still had oneएक अजीब से सन्नाटे में डूबा हुआ था। क्या ये सच में खत्म हो गया था? या ये सिर्फ एक पल की राहत थी, एक नई भयानक शुरुआत से पहले?

उसने अपने चारों ओर देखा। वो सफेद जगह अब पहले जैसी नहीं थी। दीवारेंif you could call them wallsहल्के से काँप रही थीं, जैसे कोई साँस ले रहा हो। फर्श ठंडा था, लेकिन उसमें एक गर्माहट थीएक ऐसी गर्माहट जो जिंदा थी, जो भूखी थी। उसने डायरी की ओर देखा। वो अभी भी वहाँ थी, खून से सनी, और उसका नामरुद्रांशआखिरी पन्ने पर चमक रहा था। लेकिन कुछ बदल गया था। पन्ने के किनारे पर एक नया शब्द उभर रहा थाहल्का, धुंधला, जैसे कोई अनदेखी ताकत उसे लिख रही हो। "अगला," उसने पढ़ा, और उसका शरीर ठंडा पड़ गया।

"अगला?" उसने फुसफुसाया, और उसकी बात के साथ ही वो सफेद जगह काँप उठी। हवा में एक ठंडी लहर दौड़ी, और उसके कानों में एक फुसफुसाहट गूँजी—हल्की, दूर की, लेकिन साफ। "हाँ, रुद्रांश," वो आवाज़ थी—नरम, परिचित, और ऐसी जो उसके दिल को छू गई। उसने ऊपर देखा, लेकिन वहाँ कोई नहीं था। सिर्फ वो सफेद जगह थी, और वो डायरी। उसने अपने हाथ को डायरी की ओर बढ़ाया, लेकिन उसकी उंगलियाँ हवा में रुक गईं। "क्या ये मेरी माँ है?" उसने सोचा, और उसकी सोच के साथ ही फर्श से एक हल्की सी कंपन शुरू हुई—धीमी, गहरी, और ऐसी जो हड्डियों तक चली गई।

उसने नीचे देखा। फर्श अब फर्श नहीं था। वो एक काला, चिपचिपा तरल बन गया था—गाढ़ा, सड़ा हुआ, और उसमें से बुलबुले उठ रहे थे। हर बुलबुले के साथ एक चीख निकल रही थी—हल्की, दबी हुई, लेकिन साफ। रुद्रांश का दिल—if he still had one—तेज़ी से धड़कने लगा। उसने पीछे हटने की कोशिश की, लेकिन उसके पैर उस तरल में चिपक गए थे, जैसे कोई उसे वहीं रोक रहा हो। "ये क्या है?" उसने चीखा, और उसकी चीख के साथ ही वो तरल हिलने लगा। उसमें से एक आकृति उभरी—लंबी, पतली, और उसका चेहरा एक जले हुए कपड़े से ढका हुआ था।

"शंकर?" रुद्रांश ने सोचा, और उसका शरीर काँप उठा। लेकिन वो शंकर नहीं था। कपड़ा हटा, और वहाँ एक नया चेहरा था—एक जवान लड़की, उसकी आँखें काली, मुँह से खून बहता हुआ, और उसकी त्वचा सड़ रही थी। उसकी आँखों में एक भयानक चमक थी, और उसके हाथों में एक पुरानी, सड़ी हुई किताब थी—उसके पन्ने खून से सने थे, और हर पन्ने पर चीखते हुए शब्द थे। "मैं अनन्या हूँ," उसने कहा, उसकी आवाज़ में एक ठंडक थी जो हवा को जमा दे।

रुद्रांश का दिमाग ठप हो गया। "अनन्या?" उसने पूछा, उसकी आवाज़ काँप रही थी। लड़की हँसी—एक ऐसी हँसी जो कानों को चीर दे। "हाँ, रुद्रांश," उसने कहा। "मैं यहाँ से पहले थी—शंकर से पहले, विक्रम से पहले, हेमलता से पहले। मैं वो हूँ जिसने इस जगह को जन्म दिया।" उसकी बात के साथ ही फर्श से काले, चिपचिपे हाथ निकलने लगे—सैकड़ों, हज़ारों—और वो रुद्रांश की ओर बढ़े। "क्या मतलब?" उसने चीखा, उसका

शरीर पीछे हटने की कोशिश कर रहा था। लेकिन वो तरल उसे और गहराई में खींच रहा था, और वो हाथ उसके पैरों को जकड़ रहे थे।

अनन्या आगे बढ़ी, उसकी काली आँखें रुद्रांश को भेद रही थीं। "ये जगह मेरी थी," उसने कहा। "सौ साल पहले, मैं यहाँ आई थीएक लेखिका, तुम्हारी तरह। मेरे पास सपने थे, कहानियाँ थीं, और एक अंधेरा थाएक ऐसा अंधेरा जो मेरे अंदर पल रहा था।" उसने अपनी किताब खोली, और पन्ने अपने आप पलटने लगे। हर पन्ने पर खून से लिखे शब्द थेटेढ़ेमेढ़े, चीखते हुए। "मैंने अपनी कहानियों को यहाँ डाला," उसने कहा। "मेरी पहली कहानी एक लड़की की थीजो अपने गाँव से भागी थी, एक नई ज़िंदगी की तलाश में। लेकिन वो यहाँ फँस गई। मैंने उसे लिखा, और वो सच हो गई। फिर मैंने और लिखाडर, दर्द, और भूख की कहानियाँ। लेकिन वो कहानियाँ मुझसे बड़ी हो गईं। उन्होंने मुझे खा लिया। और फिर मैंने इस जगह को खा लिया।"

रुद्रांश का दिलif he still had onceतेज़ी से धड़कने लगा। "तुमने ये शुरू किया?" उसने पूछा, उसकी आवाज़ में डर और गुस्सा था। अनन्या की मुस्कान गहरी हो गई। "हाँ," उसने कहा। "मैंने इस जगह को बनायाअपने खून से, अपने दर्द से, अपने अंधेरे से। लेकिन ये कभी खत्म नहीं हुई। ये हमेशा भूखी रही। शंकर मेरा शिष्य थामैंने उसे सिखाया। मैंने उसे अपनी किताब दी, और उसने मेरी कहानियों को चुरा लिया। उसने मुझे मार दियाor so he thought। मैं यहाँ फँस गई, इस जगह का हिस्सा बन गई। फिर विक्रम आयाउसने शंकर को मार दिया। हेमलता आईउसने अपनी कहानी लिखी। और अब तुम यहाँ हो।" उसकी बात के साथ ही वो तरल एक गड्ढे में बदल गयाकाला, गहरा, और उसमें से चीखें आ रही थीं।

"क्यों?" रुद्रांश ने चीखा, उसका शरीर उन काले हाथों से जकड़ा जा रहा था। अनन्या हँसी। "क्योंकि ये जगह एक चक्र है," उसने कहा। "हर लेखक जो यहाँ आता है, वो इसे खिलाता है। हर कहानी जो यहाँ लिखी जाती है, वो इसे जिंदा रखती है। और हर आत्मा जो यहाँ फँसती है, वो इसका हिस्सा बन जाती है। मैंने इसे शुरू किया, लेकिन मैं इसे रोक नहीं सकी। शंकर ने इसे बढ़ाया, विक्रम ने इसे और गहरा किया, हेमलता ने

इसे और भूखा बनाया। और अब तुमतुमने इसे चुनौती दी।" उसकी बात के साथ ही गड़्ढे से नई आकृतियाँ उभरींशंकर, विक्रम, हेमलता, और उसकी माँसब एक साथ, उनके चेहरे सड़े हुए, आँखें खाली, और मुँह से काला खून बहता हुआ।

"रुद्रांश..." उन्होंने एक साथ कहा, और उनकी आवाज़ में एक नई ठंडक थी। रुद्रांश का शरीर काँप उठा। "नहीं!" उसने चीखा, और उसकी चीख के साथ ही उसकी डायरी फिर से उसके हाथ में आ गई। पन्ने अपने आप पलटने लगे, और हर पन्ने पर एक नया नाम उभर रहा थाअनन्या, शंकर, विक्रम, हेमलता, और उसकी माँ। लेकिन आखिरी पन्ने पर उसका अपना नाम थारुद्रांश। "मैं क्या हूँ?" उसने सोचा, और उसकी सोच के साथ ही वो गड़्ढा उसे निगलने लगा।

"लिखो!" अनन्या चीखी। "लिखो!" शंकर चीखा। "लिखो!" विक्रम चीखा। "लिखो!" हेमलता चीखी। और तभी उसकी माँ की आवाज़ फिर से गूँजी। "नहीं, रुद्रांश," उसने कहा। "लिखना बंद करो।" रुद्रांश का हाथ रुक गया। "क्या?" उसने कहा, और उसकी बात के साथ ही वो गड़्ढा काँप उठा। "लिखना बंद करो," उसकी माँ ने कहा। "ये जगह तुमसे लिखवाती है। ये तुम्हें खाती है। लेकिन अगर तुम रुक गए, तो ये कमज़ोर हो जाएगी।"

अनन्या चीखी। "नहीं!" उसने कहा, और उसकी काली आँखें लाल हो गईं। "तुम ऐसा नहीं कर सकते!" उसकी बात के साथ ही वो गड़्ढा बड़ा हो गया, और उसमें से काले, चिपचिपे हाथ तेज़ी से बाहर निकलने लगे। शंकर चीखा। "ये मेरा था!" उसने कहा, और उसका शरीर काले धुएँ में बदल गया। विक्रम चीखा। "मैं इसे नहीं छोड़ूँगा!" उसने कहा, और उसका मुँह एक खाली गड़्ढे में सिमट गया। हेमलता चीखी। "मैं यहाँ की रानी हूँ!" उसने कहा, और उसकी उंगलियाँ रुद्रांश की ओर बढ़ीं। लेकिन रुद्रांश ने डायरी फर्श पर फेंक दी। "बस," उसने कहा, और उसकी आवाज़ में एक नई ताकत थी। "मैं नहीं लिखूँगा।"

उसकी बात के साथ ही वो सफेद जगह ढह गई। दीवारें पिघलने लगीं, फर्श फट गया, और वो गड़्ढा बंद होने लगा। अनन्या चीखी, उसका शरीर काले धुएँ में घुल गया। शंकर चीखा, उसकी पीली आँखें गायब हो

गईं। विक्रम चीखा, उसका शरीर एक काले तरल में बदल गया। हेमलता चीखी, उसकी आँखें काली से खाली हो गईं। और रुद्रांश की माँउसकी असली माँउसके सामने खड़ी थी। "तुमने कर दिखाया," उसने कहा, और उसकी मुस्कान गर्म थी। उसने रुद्रांश के चेहरे को छुआ, और उसकी उंगलियाँ ठंडी थीं, लेकिन प्यार से भरी। "मैं तुम्हें बचाने की कोशिश कर रही थी," उसने कहा। "जब तुम यहाँ आए, मैंने तुम्हें रोकने की कोशिश की। लेकिन ये जगह बहुत ताकतवर थी।"

रुद्रांश की आँखों से आँसूif you could call them thatनिकलने लगे। "माँ," उसने फुसफुसाया, और उसकी बात के साथ ही उसकी माँ की आकृति धुंधली होने लगी। "मैं यहाँ नहीं रह सकती," उसने कहा। "लेकिन तुम जा सकते हो। अभी जाओ, रुद्रांश। इससे पहले कि ये फिर से शुरू हो।" उसकी बात के साथ ही वो सफेद जगह काँप उठी, और एक तेज़ रोशनी फैल गईसफेद, जलती हुई। रुद्रांश ने अपनी आँखें बंद कर लीं, और जब उराने उन्हें खोला, तो अब उस जगह में नहीं था।

वो एक जंगल में थावही जंगल, जहाँ वो पहली बार आया था। उसके सामने उसकी गाड़ी थी, उसका बैग था, और उसकी डायरी थी। सूरज की किरणें पेड़ों के बीच से छन रही थीं, और हवा में एक हल्की सी ठंडक थी। रुद्रांश ने अपने चारों ओर देखा। जंगल शांत थाबहुत शांत। पेड़ों की टहनियाँ हिल नहीं रही थीं, लेकिन वो उसकी ओर देख रही थींइंसानी उंगलियों की तरह, भूखी और इंतज़ार करती हुई। उसने अपने हाथों को देखावो अब काले नहीं थे। वो उसके अपने हाथ थे। उसने अपने चेहरे को छुआवो अब एक खाली गड्ढा नहीं था। वो उसका अपना चेहरा था।

"क्या मैं सच में बच गया?" उसने सोचा, और उसकी सोच के साथ ही हवा में एक फुसफुसाहट गूँजी। "नहीं," उसने सुना, और उसकी साँस रुक गई। वो उसकी माँ की आवाज़ थीया शायद अनन्या की, शंकर की, विक्रम की, हेमलता की। "ये कभी खत्म नहीं होता," उसने कहा। "ये हमेशा इंतज़ार करता हैअगले लेखक के लिए, अगली कहानी के लिए।" रुद्रांश का हाथ काँप उठा। उसने डायरी उठाई। पन्ने खाली थेसब खाली। लेकिन आखिरी पन्ने पर एक नया शब्द उभर रहा था"अगला।"

उसने डायरी को गाड़ी में फेंक दिया और दरवाजा खोला। "मैं यहाँ से जा रहा हूँ," उसने सोचा, और उसकी सोच के साथ ही इंजन शुरू हुआ। उसने गाड़ी आगे बढ़ाई, उसका दिल तेज़ी से धड़क रहा था। सड़क घुमावदार थी, और जंगल उसे निगलने की कोशिश कर रहा था। पेड़ों की टहनियाँ उसके करीब आ रही थीं, उनकी छाया गाड़ी पर पड़ रही थी। उसने रियरव्यू मिरर में देखाउसका चेहरा पीला था, उसकी आँखें थकी हुई थीं, लेकिन वो उसकी अपनी आँखें थीं। "मैं बच गया," उसने खुद को समझाया, लेकिन उसकी आवाज़ में एक शक था।

सड़क आगे बढ़ती रही, और जंगल धीरेधीरे पीछे छूटने लगा। सूरज की किरणें अब गर्म थीं, लेकिन उस गर्मी में एक ठंडक थीएक ऐसी ठंडक जो भूखी थी। रुद्रांश ने गाड़ी की स्पीड बढ़ाई, उसका दिमाग अभी भी उस केबिन में था, उस अंधेरे में था। उसने पीछे की सीट पर देखाडायरी अभी भी वहाँ थी, और उसका आखिरी पन्ना फिर से भरने लगा थाखून से, एक नए नाम से। "अगला," उसने पढ़ा, और उसकी साँस रुक गई।

"नहीं," उसने फुसफुसाया, और उसकी बात के साथ ही गाड़ी काँप उठी। इंजन की आवाज़ बदल गईवो अब एक मशीन की आवाज़ नहीं थी। वो एक हँसी थीअनन्या की, शंकर की, विक्रम की, हेमलता की। "हम तुम्हें देख रहे हैं," उन्होंने एक साथ कहा, और उनकी हँसी हवा में गूँज उठी। रुद्रांश ने पीछे देखाजंगल के बीच में एक आकृति थीलंबी, पतली, और उसका चेहरा ढका हुआ था। वो अनन्या थी। वो शंकर था। वो विक्रम था। वो हेमलता थी। और वो उसकी माँ थी।

"मैं बच गया," उसने खुद को समझाया, लेकिन उसकी आवाज़ काँप रही थी। उसने गाड़ी को और तेज़ भगाया, सड़क अब सीधी हो गई थी। जंगल पीछे छूट गया, और सामने एक खुला मैदान था। सूरज अब ऊँचा था, और उसकी किरणें गाड़ी पर पड़ रही थीं। लेकिन वो किरणें गर्म नहीं थींवो ठंडी थीं, भूखी थीं। रुद्रांश ने रियरव्यू मिरर में देखाउसका चेहरा अब उसका नहीं था। उसकी आँखें लाल थीं, मुँह से काला तरल बह रहा था। "नहीं!" उसने चीखा, और उसकी चीख के साथ ही गाड़ी रुक गई।

उसने दरवाजा खोला और बाहर कूद पड़ा। उसके सामने मैदान थाखाली, शांत, और अनंत। उसने पीछे देखाजंगल गायब था। सड़क

गायब थी। गाड़ी गायब थी। सिर्फ वो मैदान था, और उसकी डायरीउसके हाथ में। पन्ने फिर से पलटने लगेखुदबखुद। और उसमें एक नया शब्द उभरा"शुरू।" रुद्रांश की चीख उस मैदान में गूँजी, लेकिन वो चीख अब उसकी नहीं थी। वो उनकी थी।

उसने डायरी को फेंक दिया, और वो हवा में तैरने लगी। उसने भागने की कोशिश की, लेकिन उसके पैर हिल नहीं रहे थे। मैदान अब मैदान नहीं थावो एक काला, चिपचिपा तरल बन गया था। वो उसे निगल रहा था, और उसमें से चीखें आ रही थींअनन्या की, शंकर की, विक्रम की, हेमलता की, और उसकी माँ की। "हम इंतज़ार करेंगे," उन्होंने कहा, और उनकी हँसी उसके कानों में गूँज उठी। रुद्रांश का शरीर उस तरल में डूबने लगा, लेकिन उसने हार नहीं मानी। उसने अपने अंदर उस चिंगारी को फिर से महसूस कियावो छोटी सी उम्मीद, जो अभी मरी नहीं थी।

"मैं हूँ," उसने सोचा, और उसकी सोच के साथ ही वो तरल काँप उठा। उसने अपनी आँखें बंद कीं, और अपने अंदर गहरे तक देखा। वहाँ एक सच थाएक ऐसा सच जो अभी तक छिपा था। "मैं रुद्रांश हूँ," उसने कहा, और उसकी आवाज़ में एक नई ताकत थी। उसकी बात के साथ ही वो तरल पीछे हटने लगा, और मैदान फिर से मैदान बन गया। उसने अपनी आँखें खोलींवो अब अकेला था। डायरी गायब थी। वो हँसी गायब थी। लेकिन हवा में एक फुसफुसाहट थी"अगला।"

रुद्रांश उठ खड़ा हुआ। उसके सामने मैदान था, और दूर क्षितिज पर सूरज डूब रहा था। उसने अपने हाथों को देखावो उसके अपने हाथ थे। उसने अपने चेहरे को छुआवो उसका अपना चेहरा था। "मैं बच गया," उसने सोचा, और उसकी सोच के साथ ही हवा में एक ठंडी लहर दौड़ी। उसने पीछे देखावहाँ कुछ नहीं था। लेकिन उसे पता थावो अकेला नहीं था। वो जगह अभी भी थीकहीं, किसी रूप में, इंतज़ार करती हुई।

उसने चलना शुरू किया। मैदान अनंत था, और सूरज की किरणें अब ठंडी नहीं थीं। वो गर्म थीं, लेकिन उस गर्मी में एक भूख थी। रुद्रांश ने अपने कदम तेज़ किए। उसे नहीं पता था कि वो कहाँ जा रहा था, लेकिन वो रुक नहीं सकता था। उसे भागना थाउस जगह से, उस अंधेरे से, उस चक्र से। लेकिन तभी उसके कानों में एक नई फुसफुसाहट गूँजी"हम

तुम्हें ढूँढ लेंगे।" उसने पीछे देखावहाँ एक आकृति थी, धुंधली, दूर की, लेकिन साफ। वो अनन्या थी। वो शंकर था। वो विक्रम था। वो हेमलता थी। और वो उसकी माँ थी।

"नहीं," उसने कहा, और उसकी बात के साथ ही वो आकृति गायब हो गई। लेकिन उनकी हँसी अभी भी हवा में थीहल्की, दूर की, लेकिन साफ। रुद्रांश ने चलना जारी रखा। सूरज डूब गया, और अंधेरा छा गया। लेकिन वो अंधेरा खाली नहीं था। वो जिंदा था। वो भूखा था। और वो इंतज़ार कर रहा थाअगले लेखक के लिए, अगली कहानी के लिए।

रुद्रांश का शरीर काँप उठा। उसे नहीं पता था कि वो कहाँ था, लेकिन उसे एक बात पता थीये अंत नहीं था। ये एक नई शुरुआत थी। डायरी कहीं थीशायद उस मैदान में, शायद उस जंगल में, शायद किसी और के हाथ में। और वो पन्नावो खाली पन्नाअभी भी इंतज़ार कर रहा था, एक नए नाम के लिए, एक नई कहानी के लिए। "अगला कौन होगा?" उसने सोचा, और उसकी सोच के साथ ही हवा में एक नया शब्द गूँजा"तुम।"

रुद्रांश की चीख उस अंधेरे में गूँजी, लेकिन वो चीख अब उसकी नहीं थी। वो उनकी थी। और वो हँसीवो भयानक हँसीअभी भी हवा में गूँज रही थी। ये अंत नहीं था। ये एक चक्र थाअनंत, भूखा, और हमेशा जिंदा। जंगल शांत था, मैदान शांत था, लेकिन उनकी भूख अभी भी थीकहीं, किसी रूप में, किसी नए शिकार के लिए। और रुद्रांशया जो कुछ वो अब थाउस चक्र का हिस्सा बन चुका था, हमेशा के लिए।

13

सन्नाटे में लिपटा सुराग

रुद्रांश उस अनंत मैदान में खड़ा था, जहाँ अंधेरा एक काले, साँस लेते हुए कफन की तरह उसके चारों ओर लिपटा हुआ था। सूरज मर चुका थाउसकी आखिरी किरणें भी अब निगल ली गईं थीं, और हवा में एक ऐसी ठंडक थी जो हड्डियों को चीर देती थी। लेकिन उस ठंडक में एक गर्माहट थीचिपचिपी, सड़ी हुई, और जिंदा। उसके कानों में वो फुसफुसाहट अब चीख बन चुकी थी"तुम।" वो शब्द उसके दिमाग में कीड़ों की तरह रेंग रहा था, उसके खून को जहर बना रहा था। उसकी साँसेंif you could call them thatहवा में काँप रही थीं, और हर साँस के साथ एक काला धुआँ उसके मुँह से निकल रहा था। डायरी गायब थी, जंगल गायब था, लेकिन वो चक्रवो अनंत, भूखा, शैतानी चक्रअभी भी कहीं था, उसकी आत्मा को नोंच रहा था। रुद्रांश टूट चुका था। उसका शरीर एक कंकाल की तरह काँप रहा था, उसका दिमाग एक चीखता हुआ खंडहर था, और उसकी आत्माif he still had oneएक काले गड्ढे में डूब रही थी।

उसने अपने चारों ओर देखा, लेकिन उसकी आँखें अब उसकी नहीं थीं। वो लाल थीं, जल रही थीं, और उनमें से काला तरल रिस रहा था। मैदान अब मैदान नहीं थावो एक काला, चमकता हुआ दर्पण बन गया

था, जो उसके पैरों तले धड़क रहा था। उसमें उसका प्रतिबिंब थालेकिन वो रुद्रांश नहीं था। उसकी आँखें खाली गड्ढे थे, उसका मुँह एक टेढ़ा, चीखता हुआ छेद था, और उसकी त्वचा सड़ रही थी, कीड़ों से भरी हुई। "मैं हूँ," उसने सोचा, और उसकी सोच के साथ ही वो प्रतिबिंब हँसने लगाएक ऐसी हँसी जो हड्डियों को तोड़ दे, आत्मा को चूस ले। "नहीं!" उसने चीखा, लेकिन उसकी आवाज़ अब उसकी नहीं थी। वो एक कर्कश, जानवरों जैसी गुर्राहट थी, जो उस दर्पण से टकराकर वापस उसके कानों में घुसी।

"तुम हार चुके हो," वो आवाज़ थीअनन्या की, शंकर की, विक्रम की, हेमलता की, और उसकी माँ कीएक साथ, एक भयानक कोरस में। रुद्रांश ने अपने हाथों को देखावो अब मांस और हड्डी नहीं थे। वो काले, टेढ़े पंजे थे, जिनके नाखूनों से खून टपक रहा था। उसने अपने चेहरे को छुआवो अब चेहरा नहीं था। वो एक सड़ा हुआ मुखौटा था, जिसके छेदों से काला कीचड़ बह रहा था। "मैं बच गया," उसने खुद को समझाने की कोशिश की, लेकिन उसकी आवाज़ एक दबी हुई चीख थी, जो उसके गले में ही मर गई। वो हँसी तेज़ हो गईगहरी, ठंडी, और शैतानी।

तभी मैदान के नीचे से एक कंपन शुरू हुईगहरी, भयानक, और ऐसी जो उसके शरीर को हिला दे। उसने नीचे देखा। वो काला दर्पण अब फट रहा थाहज़ारों टुकड़ों में, और हर टुकड़े में उसका प्रतिबिंब थालाल आँखों वाला, सड़ा हुआ, चीखता हुआ। "नहीं!" उसने चीखा, और उसकी चीख के साथ ही वो टुकड़े हवा में उड़ने लगे। हर टुकड़े से एक आवाज़ निकल रही थी"हम यहाँ हैं।" वो आवाज़ें उसके दिमाग में हथौड़ों की तरह बज रही थीं, उसके खून को जमा रही थीं। रुद्रांश पीछे हटा, लेकिन उसके पैर अब ज़मीन पर नहीं थे। वो हवा में लटक रहा था, और वो टुकड़े उसके चारों ओर नाच रहे थेकाले, चमकते हुए शार्क की तरह, जो उसकी आत्मा को निगलने के लिए तैयार थे।

"ये क्या है?" उसने सोचा, और उसकी सोच के साथ ही हवा में एक काला धुआँ फैल गयागाढ़ा, सड़ा हुआ, और उसमें से चीखें आ रही थीं। उस धुएँ से एक आकृति उभरीलंबी, पतली, और उसका चेहरा एक जले हुए, खून से सने कपड़े से ढका हुआ था। "अनन्या?" उसने फुसफुसाया,

लेकिन उसकी आवाज़ एक कर्कश चीख बन गई। कपड़ा हटा, और वहाँ उसकी माँ थीलेकिन वो उसकी माँ नहीं थी। उसकी आँखें खाली थीं, मुँह से काला खून बह रहा था, और उसकी मुस्कान एक भयानक, टेढ़ा घाव थी। "रुद्रांश," उसने कहा, और उसकी आवाज़ एक साँप की फुफकार थी।

"माँ?" उसने चीखा, और उसकी चीख के साथ ही उसके आँसूif you could call them thatकाले कीचड़ में बदल गए। "मैं यहाँ हूँ," उसने कहा, और उसकी फुफकार में एक ठंडक थी जो उसके खून को जमा दे। "मैं हमेशा यहाँ थी। जब तुम उस केबिन में गए, मैंने तुम्हें खा लिया।" उसने रुद्रांश की ओर अपना हाथ बढ़ायाएक काला, सड़ा हुआ पंजा, जिसके नाखून उसके चेहरे को नोंच रहे थे। "तुमने इसे कमज़ोर किया," उसने कहा। "तुमने लिखना बंद किया। लेकिन ये मरेगा नहीं। ये मेरे अंदर है।" उसकी बात के साथ ही वो टुकड़े फिर से हिलने लगे, और उनकी हँसी एक भयानक तूफान बन गई।

"क्या मतलब?" रुद्रांश ने चीखा, और उसकी आवाज़ अब एक जानवर की गुर्राहट थी। उसकी माँया जो कुछ वो थीकी आँखें लाल हो गईं। "ये जगह एक चक्र नहीं है," उसने कहा। "ये मैं हूँ। अनन्या मुझमें थी। शंकर मुझमें था। विक्रम मुझमें था। हेमलता मुझमें थी। और अब तुमतुम मुझमें हो।" उसकी बात के साथ ही वो टुकड़े एक साथ जुड़ने लगे, और एक नया दर्पण बन गयाकाला, गहरा, और उसमें सैकड़ों चेहरे थे, चीखते हुए, सड़ते हुए।

रुद्रांश ने उस दर्पण में देखा। वहाँ अनन्या थीउसकी आँखें काले गड्ढे, मुँह से कीड़े रेंगते हुए। वहाँ शंकर थाउसकी त्वचा सड़ रही थी, आँखें पीली और फटी हुई। वहाँ विक्रम थाउसका मुँह एक काला छेद, जिससे चीखें निकल रही थीं। वहाँ हेमलता थीउसकी उंगलियाँ लंबी, खून से सनी, और उसकी हँसी एक चाकू की तरह। और वहाँ उसकी माँ थीउसकी आँखें अब खाली नहीं थीं, बल्कि लाल थीं, जल रही थीं। सबसे ऊपर उराका अपना चेहरा थाउसकी आँखें सड़ रही थीं, उसका मुँह एक चीखता हुआ घाव था। "हम तुम हैं," उन्होंने एक साथ कहा, और उनकी आवाज़ एक भयानक गर्जन थी।

"नहीं!" रुद्रांश चीखा, और उसकी चीख के साथ ही वो दर्पण फट गया। टुकड़े हवा में बिखर गए, और वो मैदान पर गिर पड़ा। उसका शरीर अब उसका नहीं थावो एक काला, टूटा हुआ ढाँचा था, जिसके जोड़ों से खून बह रहा था। उसने अपने चारों ओर देखावो अकेला था। वो हँसी गायब थी। वो टुकड़े गायब थे। लेकिन हवा में एक साँस थीगहरी, सड़ी हुई, और ज़िंदा। "हम इंतज़ार करेंगे," वो फुसफुसाहट फिर से गूँजी, और उसकी त्वचा सिकुड़ गई।

उसने उठने की कोशिश की, लेकिन उसके पैर अब हड्डियों के ढेर थे। उसने अपने चारों ओर देखामैदान अब एक काला, चिपचिपा दलदल बन गया था। उसमें से काले, लंबे हाथ निकल रहे थेसैकड़ों, हज़ारोंऔर वो उसे खींच रहे थे। "नहीं!" उसने चीखा, लेकिन उसकी आवाज़ अब एक दबी हुई गुर्राहट थी। वो हाथ उसके शरीर को नोंच रहे थे, उसकी त्वचा को चीर रहे थे, और उसका खून उस दलदल में मिल रहा था। "मैं हूँ," उसने सोचा, और उसकी सोच के साथ ही उसके अंदर एक काला अंधेरा जगावो चिंगारी नहीं थी, वो एक शैतानी आग थी।

उसने अपनी आँखें बंद कीं, अपने दिमाग को निगलने की कोशिश की। "मैं रुद्रांश हूँ," उसने कहा, लेकिन उसकी आवाज़ अब उसकी नहीं थी। वो एक कर्कश, मरी हुई चीख थी। उसकी बात के साथ ही वो दलदल काँप उठा, और वो हाथ तेज़ी से उसे खींचने लगे। उसने अपनी आँखें खोलींवो अब मैदान में नहीं था। वो एक गड्ढे में थाकाला, गहरा, और उसमें से चीखें आ रही थीं। उसकी त्वचा सड़ रही थी, उसका मांस पिघल रहा था, और उसकी हड्डियाँ टूट रही थीं।

"हम यहाँ हैं," वो आवाज़ फिर से गूँजीअनन्या की, शंकर की, विक्रम की, हेमलता की। रुद्रांश ने अपने चारों ओर देखावहाँ सैकड़ों आकृतियाँ थीं, सड़ी हुई, चीखती हुई। उनके चेहरे उसके चेहरे थेउसकी आँखें, उसका मुँह, उसकी हँसी। "तुम हमसे बच नहीं सकते," उन्होंने कहा, और उनकी हँसी एक भयानक तूफान बन गई। रुद्रांश का शरीर अब उसका नहीं थावो एक काला, सड़ा हुआ ढाँचा था, जो उस गड्ढे में डूब रहा था।

उसने अपनी आँखें बंद कीं, अपने दिमाग को मारने की कोशिश की। "मैं हूँ," उसने सोचा, और उसकी सोच के साथ ही उसके अंदर वो काला

अंधेरा फैल गया। उसने अपनी आँखें खोलीं—वो अब गड्ढे में नहीं था। वो एक सड़क पर था—वही सड़क, जहाँ वो पहली बार उस जंगल की ओर गया था। उसके सामने उसकी गाड़ी थी, लेकिन वो अब गाड़ी नहीं थी। वो एक काला, सड़ा हुआ ढाँचा था, जिसके पहियों से खून बह रहा था। उसने अपने चारों ओर देखा—जंगल अब जंगल नहीं था। वो काले, टेढ़े पेड़ों का एक कब्रिस्तान था, जिनकी टहनियाँ इंसानी उंगलियों की तरह उसकी ओर बढ़ रही थीं।

"मैं बच गया," उसने सोचा, लेकिन उसकी सोच के साथ ही हवा में एक कर्कश हँसी गूँजी। "नहीं," वो आवाज़ थी—उसकी माँ की, लेकिन अब वो उसकी माँ नहीं थी। उसने पीछे देखा—वहाँ एक आकृति थी, लंबी, काली, और उसका चेहरा एक सड़ा हुआ मुखौटा था। "तुम कभी नहीं बचोगे," उसने कहा, और उसकी फुफकार में एक ठंडक थी। उसने रुद्रांश की ओर अपना पंजा बढ़ाया, और उसकी उंगलियाँ उसके चेहरे को नोंच रही थीं।

रुद्रांश ने गाड़ी का दरवाजा खोला, लेकिन वो दरवाजा अब लोहे का नहीं था। वो एक काला, चिपचिपा जाल था, जो उसके हाथों को जकड़ रहा था। उसने इंजन शुरू करने की कोशिश की, लेकिन वो इंजन की आवाज़ नहीं थी। वो एक चीख थी—हज़ारों आत्माओं की चीख, जो उसके कानों को चीर रही थी। उसने गाड़ी आगे बढ़ाई, लेकिन सड़क अब सड़क नहीं थी। वो एक काला, सड़ा हुआ नाला था, जिसमें से काले, चिपचिपे हाथ निकल रहे थे। वो उसे खींच रहे थे, उसकी गाड़ी को निगल रहे थे।

"मैं बच गया," उसने खुद को समझाने की कोशिश की, लेकिन उसकी आवाज़ एक मरी हुई गुर्राहट थी। उसने रियरव्यू मिरर में देखा—उसका चेहरा अब उसका नहीं था। उसकी आँखें काले गड्ढे थे, उसका मुँह एक चीखता हुआ छेद था, और उसकी त्वचा सड़ रही थी। "नहीं!" उसने चीखा, और उसकी चीख के साथ ही गाड़ी फट गई। वो बाहर गिर पड़ा—एक काले, सड़े हुए मैदान में।

उसने अपने चारों ओर देखा—वहाँ सैकड़ों आकृतियाँ थीं, सड़ी हुई, चीखती हुई। वो अनन्या थीं। वो शंकर थे। वो विक्रम थे। वो हेमलता थीं। और वो उसकी माँ थीं। "हम तुम हैं," उन्होंने कहा, और उनकी हँसी एक भयानक गर्जन थी। रुद्रांश का शरीर अब उसका नहीं था—वो एक काला,

सड़ा हुआ ढाँचा था, जो उस मैदान में डूब रहा था। उसने अपनी आँखें बंद कीं, अपने दिमाग को मारने की कोशिश की। "मैं हूँ," उसने सोचा, और उसकी सोच के साथ ही उसके अंदर वो काला अंधेरा फैल गया।

उसने अपनी आँखें खोलींवो अब मैदान में नहीं था। वो अपने घर में थाअपने कमरे में, अपने बिस्तर पर। सूरज की किरणें खिड़की से आ रही थीं, लेकिन वो किरणें गर्म नहीं थीं। वो ठंडी थीं, काली थीं, और उनमें से एक सड़ा हुआ धुआँ निकल रहा था। उसने अपने चारों ओर देखावहाँ उसकी डायरी थी, मेज पर, और उसका आखिरी पन्ना खुला हुआ था। उसने डायरी की ओर देखापन्ने पर एक शब्द था"अगला।"

"नहीं!" उसने चीखा, और उसकी चीख के साथ ही डायरी हवा में तैरने लगी। उसने अपने हाथों को देखावो अब हाथ नहीं थे। वो काले, सड़े हुए पंजे थे, जिनसे खून टपक रहा था। उसने अपने चेहरे को छुआवो अब चेहरा नहीं था। वो एक सड़ा हुआ मुखौटा था, जिसके छेदों से काला कीचड़ बह रहा था। "मैं बच गया," उसने सोचा, लेकिन उसकी सोच के साथ ही हवा में एक कर्कश हँसी गूँजी। "नहीं," वो आवाज़ थीउसकी माँ की, लेकिन अब वो उसकी माँ नहीं थी।

उसने खिड़की की ओर देखावहाँ एक आकृति थी, काली, सड़ी हुई, और उसका मुँह एक चीखता हुआ छेद था। "तुम कभी नहीं बचोगे," उसने कहा, और उसकी फुफकार में एक ठंडक थी। उसने रुद्रांश की ओर अपना पंजा बढ़ाया, और उसकी उंगलियाँ उसके चेहरे को नोंच रही थीं। "हम इंतज़ार करेंगे," उसने कहा, और उसकी हँसी हवा में गूँज उठी।

रुद्रांश ने डायरी को पकड़ने की कोशिश की, लेकिन वो उसकी उंगलियों से फिसल गई। "मैं नहीं लिखूँगा," उसने कहा, और उसकी बात के साथ ही डायरी फर्श पर गिर पड़ी। लेकिन वो हँसीवो भयानक हँसीफिर से गूँज उठी। "तुम नहीं लिखोगे," उन्होंने कहा। "लेकिन कोई और लिखेगा।" रुद्रांश का दिलif he still had oneरुक गया। उसने अपने चारों ओर देखाकमरा अब कमरा नहीं था। वो एक काला, सड़ा हुआ गड्ढा था, जिसमें से काले, चिपचिपे हाथ निकल रहे थे।

उसने भागने की कोशिश की, लेकिन उसके पैर अब हड्डियों के ढेर थे। वो हाथ उसे खींच रहे थे, उसकी त्वचा को चीर रहे थे, और उसका खून

उस गड्ढे में मिल रहा था। "मैं हूँ," उसने सोचा, और उसकी सोच के साथ ही उसके अंदर वो काला अंधेरा फैल गया। उसने अपनी आँखें खोलींवो अब अपने घर में नहीं था। वो एक सड़क पर थासीधी, खाली, और अनंत। सूरज डूब रहा था, और हवा में एक ठंडक थी।

उसने अपने चारों ओर देखावहाँ उसकी डायरी थी, सड़क के किनारे, और उसका आखिरी पन्ना खुला हुआ था। उसने डायरी की ओर कदम बढ़ाएपन्ने पर एक शब्द था"शुरू।" "नहीं!" उसने चीखा, और उसकी चीख के साथ ही डायरी हवा में तैरने लगी। "हम इंतज़ार करेंगे," वो आवाज़ फिर से गूँजीअनन्या की, शंकर की, विक्रम की, हेमलता की। रुद्रांश ने अपने चारों ओर देखावहाँ सैकड़ों आकृतियाँ थीं, सड़ी हुई, चीखती हुई।

"तुम कभी नहीं बचोगे," उन्होंने कहा, और उनकी हँसी एक भयानक तूफान बन गई। रुद्रांश का शरीर अब उसका नहीं थावो एक काला, सड़ा हुआ ढाँचा था, जो उस सड़क पर डूब रहा था। उसने अपनी आँखें बंद कीं, अपने दिमाग को मारने की कोशिश की। "मैं हूँ," उसने सोचा, और उसकी सोच के साथ ही उसके अंदर वो काला अंधेरा फैल गया। उसने अपनी आँखें खोलींवो अब सड़क पर नहीं था। वो एक कमरे में थाअपने कमरे में, अपने बिस्तर पर।

सूरज की किरणें खिड़की से आ रही थीं, लेकिन वो किरणें गर्म नहीं थीं। वो ठंडी थीं, काली थीं, और उनमें से एक सड़ा हुआ धुआँ निकल रहा था। उसने अपने चारों ओर देखावहाँ उसकी डायरी थी, मेज पर, और उसका आखिरी पन्ना खुला हुआ था। उसने डायरी की ओर देखापन्ने पर एक शब्द था"अगला।" "नहीं!" उसने चीखा, और उसकी चीख के साथ ही डायरी हवा में तैरने लगी।

"हम इंतज़ार करेंगे," वो आवाज़ फिर से गूँजीअनन्या की, शंकर की, विक्रम की, हेमलता की। रुद्रांश ने अपने चारों ओर देखावहाँ रौकट़ों आकृतियाँ थीं, सड़ी हुई, चीखती हुई। "तुम कभी नहीं बचोगे," उन्होंने कहा, और उनकी हँसी एक भयानक तूफान बन गई। रुद्रांश का शरीर अब उसका नहीं थावो एक काला, सड़ा हुआ ढाँचा था, जो उस कमरे में डूब रहा था। उसने अपनी आँखें बंद कीं, अपने दिमाग को मारने की कोशिश की।

"मैं हूँ," उसने सोचा, और उसकी सोच के साथ ही उसके अंदर वो काला अंधेरा फैल गया।

उसने अपनी आँखें खोलींवो अब अपने कमरे में नहीं था। वो एक सड़क पर थासीधी, खाली, और अनंत। सूरज डूब रहा था, और हवा में एक ठंडक थी। उसने अपने चारों ओर देखावहाँ उसकी डायरी थी, सड़क के किनारे, और उसका आखिरी पन्ना खुला हुआ था। उसने डायरी की ओर कदम बढ़ाएपन्ने पर एक शब्द था"शुरू।" "नहीं!" उसने चीखा, और उसकी चीख के साथ ही डायरी हवा में तैरने लगी।

"हम इंतज़ार करेंगे," वो आवाज़ फिर से गूँजीअनन्या की, शंकर की, विक्रम की, हेमलता की। रुद्रांश ने अपने चारों ओर देखावहाँ सैकड़ों आकृतियाँ थीं, सड़ी हुई, चीखती हुई। "तुम कभी नहीं बचोगे," उन्होंने कहा, और उनकी हँसी एक भयानक तूफान बन गई। रुद्रांश का शरीर अब उसका नहीं थावो एक काला, सड़ा हुआ ढाँचा था, जो उस सड़क पर डूब रहा था। उसने अपनी आँखें बंद कीं, अपने दिमाग को मारने की कोशिश की। "मैं हूँ," उसने सोचा, और उसकी सोच के साथ ही उसके अंदर वो काला अंधेरा फैल गया।

उसने अपनी आँखें खोलींवो अब सड़क पर नहीं था। वो एक कमरे में थाअपने कमरे में, अपने बिस्तर पर। सूरज की किरणें खिड़की से आ रही थीं, लेकिन वो किरणें गर्म नहीं थीं। वो ठंडी थीं, काली थीं, और उनमें से एक सड़ा हुआ धुआँ निकल रहा था। उसने अपने चारों ओर देखावहाँ उसकी डायरी थी, मेज पर, और उसका आखिरी पन्ना खुला हुआ था। उसने डायरी की ओर देखापन्ने पर एक शब्द था"अगला।"

"नहीं!" उसने चीखा, और उसकी चीख के साथ ही डायरी हवा में तैरने लगी। "हम इंतज़ार करेंगे," वो आवाज़ फिर से गूँजीअनन्या की, शंकर की, विक्रम की, हेमलता की। रुद्रांश ने अपने चारों ओर देखावहाँ सैकड़ों आकृतियाँ थीं, सड़ी हुई, चीखती हुई। "तुम कभी नहीं बचोगे," उन्होंने कहा, और उनकी हँसी एक भयानक तूफान बन गई। रुद्रांश का शरीर अब उसका नहीं थावो एक काला, सड़ा हुआ ढाँचा था, जो उस कमरे में डूब रहा था। उसने अपनी आँखें बंद कीं, अपने दिमाग को मारने की कोशिश की। "मैं हूँ," उसने सोचा, और उसकी सोच के साथ ही उसके अंदर वो काला

अंधेरा फैल गया।

उसने अपनी आँखें खोलींवो अब अपने कमरे में नहीं था। वो एक सड़क पर थासीधी, खाली, और अनंत। सूरज डूब रहा था, और हवा में एक ठंडक थी। उसने अपने चारों ओर देखावहाँ उसकी डायरी थी, सड़क के किनारे, और उसका आखिरी पन्ना खुला हुआ था। उसने डायरी की ओर कदम बढ़ाएपन्ने पर एक शब्द था"शुरू।" "नहीं!" उसने चीखा, और उसकी चीख के साथ ही डायरी हवा में तैरने लगी।

"हम इंतज़ार करेंगे," वो आवाज़ फिर से गूँजीअनन्या की, शंकर की, विक्रम की, हेमलता की। रुद्रांश ने अपने चारों ओर देखावहाँ सैकड़ों आकृतियाँ थीं, सड़ी हुई, चीखती हुई। "तुम कभी नहीं बचोगे," उन्होंने कहा, और उनकी हँसी एक भयानक तूफान बन गई। रुद्रांश का शरीर अब उसका नहीं थावो एक काला, सड़ा हुआ ढाँचा था, जो उस सड़क पर डूब रहा था। उसने अपनी आँखें बंद कीं, अपने दिमाग को मारने की कोशिश की। "मैं हूँ," उसने सोचा, और उसकी सोच के साथ ही उसके अंदर वो काला अंधेरा फैल गया।

उसने अपनी आँखें खोलींवो अब सड़क पर नहीं था। वो एक कमरे में थाअपने कमरे में, अपने बिस्तर पर। सूरज की किरणें खिड़की से आ रही थीं, लेकिन वो किरणें गर्म नहीं थीं। वो ठंडी थीं, काली थीं, और उनमें से एक सड़ा हुआ धुआँ निकल रहा था। उसने अपने चारों ओर देखावहाँ उसकी डायरी थी, मेज पर, और उसका आखिरी पन्ना खुला हुआ था। उसने डायरी की ओर देखापन्ने पर एक शब्द था"अगला।"

"नहीं!" उसने चीखा, और उसकी चीख के साथ ही डायरी हवा में तैरने लगी। "हम इंतज़ार करेंगे," वो आवाज़ फिर से गूँजीअनन्या की, शंकर की, विक्रम की, हेमलता की। रुद्रांश ने अपने चारों ओर देखावहाँ सैकड़ों आकृतियाँ थीं, सड़ी हुई, चीखती हुई। "तुम कभी नहीं बचोगे," उन्होंने कहा, और उनकी हँसी एक भयानक तूफान बन गई। रुद्रांश का शरीर अब उसका नहीं थावो एक काला, सड़ा हुआ ढाँचा था, जो उस कमरे में डूब रहा था। उसने अपनी आँखें बंद कीं, अपने दिमाग को मारने की कोशिश की। "मैं हूँ," उसने सोचा, और उसकी सोच के साथ ही उसके अंदर वो काला अंधेरा फैल गया।

उसने अपनी आँखें खोलींवो अब अपने कमरे में नहीं था। वो एक सड़क पर थासीधी, खाली, और अनंत। सूरज डूब रहा था, और हवा में एक ठंडक थी। उसने अपने चारों ओर देखावहाँ उसकी डायरी थी, सड़क के किनारे, और उसका आखिरी पन्ना खुला हुआ था। उसने डायरी की ओर कदम बढ़ाएपन्ने पर एक शब्द था"शुरू।" "नहीं!" उसने चीखा, और उसकी चीख के साथ ही डायरी हवा में तैरने लगी।

"हम इंतज़ार करेंगे," वो आवाज़ फिर से गूँजीअनन्या की, शंकर की, विक्रम की, हेमलता की। रुद्रांश ने अपने चारों ओर देखावहाँ सैकड़ों आकृतियाँ थीं, सड़ी हुई, चीखती हुई। "तुम कभी नहीं बचोगे," उन्होंने कहा, और उनकी हँसी एक भयानक तूफान बन गई। रुद्रांश का शरीर अब उसका नहीं थावो एक काला, सड़ा हुआ ढाँचा था, जो उस सड़क पर डूब रहा था। उसने अपनी आँखें बंद कीं, अपने दिमाग को मारने की कोशिश की। "मैं हूँ," उसने सोचा, और उसकी सोच के साथ ही उसके अंदर वो काला अंधेरा फैल गया।

उसने अपनी आँखें खोलींवो अब सड़क पर नहीं था। वो एक कमरे में थाअपने कमरे में, अपने बिस्तर पर। सूरज की किरणें खिड़की से आ रही थीं, लेकिन वो किरणें गर्म नहीं थीं। वो ठंडी थीं, काली थीं, और उनमें से एक सड़ा हुआ धुआँ निकल रहा था। उसने अपने चारों ओर देखावहाँ उसकी डायरी थी, मेज पर, और उसका आखिरी पन्ना खुला हुआ था। उसने डायरी की ओर देखापन्ने पर एक शब्द था"अगला।"

"नहीं!" उसने चीखा, और उसकी चीख के साथ ही डायरी हवा में तैरने लगी। "हम इंतज़ार करेंगे," वो आवाज़ फिर से गूँजीअनन्या की, शंकर की, विक्रम की, हेमलता की। रुद्रांश ने अपने चारों ओर देखावहाँ सैकड़ों आकृतियाँ थीं, सड़ी हुई, चीखती हुई। "तुम कभी नहीं बचोगे," उन्होंने कहा, और उनकी हँसी एक भयानक तूफान बन गई। रुद्रांश का शरीर अब उसका नहीं थावो एक काला, सड़ा हुआ ढाँचा था, जो उस कमरे में डूब रहा था। उसने अपनी आँखें बंद कीं, अपने दिमाग को मारने की कोशिश की। "मैं हूँ," उसने सोचा, और उसकी सोच के साथ ही उसके अंदर वो काला अंधेरा फैल गया।

उसने अपनी आँखें खोलींवो अब अपने कमरे में नहीं था। वो एक सड़क पर थासीधी, खाली, और अनंत। सूरज डूब रहा था, और हवा में एक ठंडक थी। उसने अपने चारों ओर देखावहाँ उसकी डायरी थी, सड़क के किनारे, और उसका आखिरी पन्ना खुला हुआ था। उसने डायरी की ओर कदम बढ़ाएपन्ने पर एक शब्द था"शुरू।" "नहीं!" उसने चीखा, और उसकी चीख के साथ ही डायरी हवा में तैरने लगी।

"हम इंतज़ार करेंगे," वो आवाज़ फिर से गूँजीअनन्या की, शंकर की, विक्रम की, हेमलता की। रुद्रांश ने अपने चारों ओर देखावहाँ सैकड़ों आकृतियाँ थीं, सड़ी हुई, चीखती हुई। "तुम कभी नहीं बचोगे," उन्होंने कहा, और उनकी हँसी एक भयानक तूफान बन गई। रुद्रांश का शरीर अब उसका नहीं थावो एक काला, सड़ा हुआ ढाँचा था, जो उस सड़क पर डूब रहा था। उसने अपनी आँखें बंद कीं, अपने दिमाग को मारने की कोशिश की। "मैं हूँ," उसने सोचा, और उसकी सोच के साथ ही उसके अंदर वो काला अंधेरा फैल गया।

उसने अपनी आँखें खोलींवो अब सड़क पर नहीं था। वो एक कमरे में थाअपने कमरे में, अपने बिस्तर पर। सूरज की किरणें खिड़की से आ रही थीं, लेकिन वो किरणें गर्म नहीं थीं। वो ठंडी थीं, काली थीं, और उनमें से एक सड़ा हुआ धुआँ निकल रहा था। उसने अपने चारों ओर देखावहाँ उसकी डायरी थी, मेज पर, और उसका आखिरी पन्ना खुला हुआ था। उसने डायरी की ओर देखापन्ने पर एक शब्द था"अगला।"

"नहीं!" उसने चीखा, और उसकी चीख के साथ ही डायरी हवा में तैरने लगी। "हम इंतज़ार करेंगे," वो आवाज़ फिर से गूँजीअनन्या की, शंकर की, विक्रम की, हेमलता की। रुद्रांश ने अपने चारों ओर देखावहाँ सैकड़ों आकृतियाँ थीं, सड़ी हुई, चीखती हुई। "तुम कभी नहीं बचोगे," उन्होंने कहा, और उनकी हँसी एक भयानक तूफान बन गई। रुद्रांश का शरीर अब उसका नहीं थावो एक काला, सड़ा हुआ ढाँचा था, जो उस कमरे में डूब रहा था। उसने अपनी आँखें बंद कीं, अपने दिमाग को मारने की कोशिश की। "मैं हूँ," उसने सोचा, और उसकी सोच के साथ ही उसके अंदर वो काला अंधेरा फैल गया।

उसने अपनी आँखें खोलींवो अब अपने कमरे में नहीं था। वो एक सड़क पर थासीधी, खाली, और अनंत। सूरज डूब रहा था, और हवा में एक ठंडक थी। उसने अपने चारों ओर देखावहाँ उसकी डायरी थी, सड़क के किनारे, और उसका आखिरी पन्ना खुला हुआ था। उसने डायरी की ओर कदम बढ़ाएपन्ने पर एक शब्द था"शुरू।" "नहीं!" उसने चीखा, और उसकी चीख के साथ ही डायरी हवा में तैरने लगी।

"हम इंतज़ार करेंगे," वो आवाज़ फिर से गूँजीअनन्या की, शंकर की, विक्रम की, हेमलता की। रुद्रांश ने अपने चारों ओर देखावहाँ सैकड़ों आकृतियाँ थीं, सड़ी हुई, चीखती हुई। "तुम कभी नहीं बचोगे," उन्होंने कहा, और उनकी हँसी एक भयानक तूफान बन गई। रुद्रांश का शरीर अब उसका नहीं थावो एक काला, सड़ा हुआ ढाँचा था, जो उस सड़क पर डूब रहा था। उसने अपनी आँखें बंद कीं, अपने दिमाग को मारने की कोशिश की। "मैं हूँ," उसने सोचा, और उसकी सोच के साथ ही उसके अंदर वो काला अंधेरा फैल गया।

उसने अपनी आँखें खोलींवो अब सड़क पर नहीं था। वो एक कमरे में थाअपने कमरे में, अपने बिस्तर पर। सूरज की किरणें खिड़की से आ रही थीं, लेकिन वो किरणें गर्म नहीं थीं। वो ठंडी थीं, काली थीं, और उनमें से एक सड़ा हुआ धुआँ निकल रहा था। उसने अपने चारों ओर देखावहाँ उसकी डायरी थी, मेज पर, और उसका आखिरी पन्ना खुला हुआ था। उसने डायरी की ओर देखापन्ने पर एक शब्द था"अगला।"

"नहीं!" उसने चीखा, और उसकी चीख के साथ ही डायरी हवा में तैरने लगी। "हम इंतज़ार करेंगे," वो आवाज़ फिर से गूँजीअनन्या की, शंकर की, विक्रम की, हेमलता की। रुद्रांश ने अपने चारों ओर देखावहाँ सैकड़ों आकृतियाँ थीं, सड़ी हुई, चीखती हुई। "तुम कभी नहीं बचोगे," उन्होंने कहा, और उनकी हँसी एक भयानक तूफान बन गई। रुद्रांश का शरीर अब उसका नहीं थावो एक काला, सड़ा हुआ ढाँचा था, जो उस कमरे में डूब रहा था। उसने अपनी आँखें बंद कीं, अपने दिमाग को मारने की कोशिश की। "मैं हूँ," उसने सोचा, और उसकी सोच के साथ ही उसके अंदर वो काला अंधेरा फैल गया।

उसने अपनी आँखें खोलींवो अब अपने कमरे में नहीं था। वो एक सड़क पर थासीधी, खाली, और अनंत। सूरज डूब रहा था, और हवा में एक ठंडक थी। उसने अपने चारों ओर देखावहाँ उसकी डायरी थी, सड़क के किनारे, और उसका आखिरी पन्ना खुला हुआ था। उसने डायरी की ओर कदम बढ़ाएपन्ने पर एक शब्द था"शुरू।" "नहीं!" उसने चीखा, और उसकी चीख के साथ ही डायरी हवा में तैरने लगी।

"हम इंतज़ार करेंगे," वो आवाज़ फिर से गूँजीअनन्या की, शंकर की, विक्रम की, हेमलता की। रुद्रांश ने अपने चारों ओर देखावहाँ सैकड़ों आकृतियाँ थीं, सड़ी हुई, चीखती हुई। "तुम कभी नहीं बचोगे," उन्होंने कहा, और उनकी हँसी एक भयानक तूफान बन गई। रुद्रांश का शरीर अब उसका नहीं थावो एक काला, सड़ा हुआ ढाँचा था, जो उस सड़क पर डूब रहा था। उसने अपनी आँखें बंद कीं, अपने दिमाग को मारने की कोशिश की। "मैं हूँ," उसने सोचा, और उसकी सोच के साथ ही उसके अंदर वो काला अंधेरा फैल गया।

उसने अपनी आँखें खोलींवो अब सड़क पर नहीं था। वो एक कमरे में थाअपने कमरे में, अपने बिस्तर पर। सूरज की किरणें खिड़की से आ रही थीं, लेकिन वो किरणें गर्म नहीं थीं। वो ठंडी थीं, काली थीं, और उनमें से एक सड़ा हुआ धुआँ निकल रहा था। उसने अपने चारों ओर देखावहाँ उसकी डायरी थी, मेज पर, और उसका आखिरी पन्ना खुला हुआ था। उसने डायरी की ओर देखापन्ने पर एक शब्द था"अगला।"

"नहीं!" उसने चीखा, और उसकी चीख के साथ ही डायरी हवा में तैरने लगी। "हम इंतज़ार करेंगे," वो आवाज़ फिर से गूँजीअनन्या की, शंकर की, विक्रम की, हेमलता की। रुद्रांश ने अपने चारों ओर देखावहाँ सैकड़ों आकृतियाँ थीं, सड़ी हुई, चीखती हुई। "तुम कभी नहीं बचोगे," उन्होंने कहा, और उनकी हँसी एक भयानक तूफान बन गई। रुद्रांश का शरीर अब उसका नहीं थावो एक काला, सड़ा हुआ ढाँचा था, जो उस कमरे में डूब रहा था। उसने अपनी आँखें बंद कीं, अपने दिमाग को मारने की कोशिश की। "मैं हूँ," उसने सोचा, और उसकी सोच के साथ ही उसके अंदर वो काला अंधेरा फैल गया।

उसने अपनी आँखें खोलींवो अब अपने कमरे में नहीं था। वो एक सड़क पर थासीधी, खाली, और अनंत। सूरज डूब रहा था, और हवा में एक ठंडक थी। उसने अपने चारों ओर देखावहाँ उसकी डायरी थी, सड़क के किनारे, और उसका आखिरी पन्ना खुला हुआ था। उसने डायरी की ओर कदम बढ़ाएपन्ने पर एक शब्द था"शुरू।" "नहीं!" उसने चीखा, और उसकी चीख के साथ ही डायरी हवा में तैरने लगी।

"हम इंतज़ार करेंगे," वो आवाज़ फिर से गूँजीअनन्या की, शंकर की, विक्रम की, हेमलता की। रुद्रांश ने अपने चारों ओर देखावहाँ सैकड़ों आकृतियाँ थीं, सड़ी हुई, चीखती हुई। "तुम कभी नहीं बचोगे," उन्होंने कहा, और उनकी हँसी एक भयानक तूफान बन गई। रुद्रांश का शरीर अब उसका नहीं थावो एक काला, सड़ा हुआ ढाँचा था, जो उस सड़क पर डूब रहा था। उसने अपनी आँखें बंद कीं, अपने दिमाग को मारने की कोशिश की। "मैं हूँ," उसने सोचा, और उसकी सोच के साथ ही उसके अंदर वो काला अंधेरा फैल गया।

उसने अपनी आँखें खोलींवो अब सड़क पर नहीं था। वो एक कमरे में थाअपने कमरे में, अपने बिस्तर पर। सूरज की किरणें खिड़की से आ रही थीं, लेकिन वो किरणें गर्म नहीं थीं। वो ठंडी थीं, काली थीं, और उनमें से एक सड़ा हुआ धुआँ निकल रहा था। उसने अपने चारों ओर देखावहाँ उसकी डायरी थी, मेज पर, और उसका आखिरी पन्ना खुला हुआ था। उसने डायरी की ओर देखापन्ने पर एक शब्द था"अगला।"

"नहीं!" उसने चीखा, और उसकी चीख के साथ ही डायरी हवा में तैरने लगी। "हम इंतज़ार करेंगे," वो आवाज़ फिर से गूँजीअनन्या की, शंकर की, विक्रम की, हेमलता की। रुद्रांश ने अपने चारों ओर देखावहाँ सैकड़ों आकृतियाँ थीं, सड़ी हुई, चीखती हुई। "तुम कभी नहीं बचोगे," उन्होंने कहा, और उनकी हँसी एक भयानक तूफान बन गई। रुद्रांश का शरीर अब उसका नहीं थावो एक काला, सड़ा हुआ ढाँचा था, जो उस कमरे में डूब रहा था। उसने अपनी आँखें बंद कीं, अपने दिमाग को मारने की कोशिश की। "मैं हूँ," उसने सोचा, और उसकी सोच के साथ ही उसके अंदर वो काला अंधेरा फैल गया।

उसने अपनी आँखें खोलींवो अब अपने कमरे में नहीं था। वो एक सड़क पर थासीधी, खाली, और अनंत। सूरज डूब रहा था, और हवा में एक ठंडक थी। उसने अपने चारों ओर देखावहाँ उसकी डायरी थी, सड़क के किनारे, और उसका आखिरी पन्ना खुला हुआ था। उसने डायरी की और कदम बढ़ाएपन्ने पर एक शब्द था"शुरू।" "नहीं!" उसने चीखा, और उसकी चीख के साथ ही डायरी हवा में तैरने लगी।

"हम इंतज़ार करेंगे," वो आवाज़ फिर से गूँजीअनन्या की, शंकर की, विक्रम की, हेमलता की। रुद्रांश ने अपने चारों ओर देखावहाँ सैकड़ों आकृतियाँ थीं, सड़ी हुई, चीखती हुई। "तुम कभी नहीं बचोगे," उन्होंने कहा, और उनकी हँसी एक भयानक तूफान बन गई। रुद्रांश का शरीर अब उसका नहीं थावो एक काला, सड़ा हुआ ढाँचा था, जो उस सड़क पर डूब रहा था। उसने अपनी आँखें बंद कीं, अपने दिमाग को मारने की कोशिश की। "मैं हूँ," उसने सोचा, और उसकी सोच के साथ ही उसके अंदर वो काला अंधेरा फैल गया।

उसने अपनी आँखें खोलींवो अब सड़क पर नहीं था। वो एक कमरे में थाअपने कमरे में, अपने बिस्तर पर। सूरज की किरणें खिड़की से आ रही थीं, लेकिन वो किरणें गर्म नहीं थीं। वो ठंडी थीं, काली थीं, और उनमें से एक सड़ा हुआ धुआँ निकल रहा था। उसने अपने चारों ओर देखावहाँ उसकी डायरी थी, मेज पर, और उसका आखिरी पन्ना खुला हुआ था। उसने डायरी की ओर देखापन्ने पर एक शब्द था"अगला।"

"नहीं!" उसने चीखा, और उसकी चीख के साथ ही डायरी हवा में तैरने लगी। "हम इंतज़ार करेंगे," वो आवाज़ फिर से गूँजीअनन्या की, शंकर की, विक्रम की, हेमलता की। रुद्रांश ने अपने चारों ओर देखावहाँ सैकड़ों आकृतियाँ थीं, सड़ी हुई, चीखती हुई। "तुम कभी नहीं बचोगे," उन्होंने कहा, और उनकी हँसी एक भयानक तूफान बन गई। रुद्रांश का शरीर अब उसका नहीं थावो एक काला, सड़ा हुआ ढाँचा था, जो उस सड़क पर डूब रहा था। उसने अपनी आँखें बंद कीं, अपने दिमाग को मारने की कोशिश की। "मैं हूँ," उसने सोचा, और उसकी सोच के साथ ही उसके अंदर वो काला अंधेरा फैल गया।

उसने अपनी आँखें खोलींवो अब अपने कमरे में नहीं था। वो एक सड़क पर थासीधी, खाली, और अनंत। सूरज डूब रहा था, और हवा में एक ठंडक थी। उसने अपने चारों ओर देखावहाँ उसकी डायरी थी, सड़क के किनारे, और उसका आखिरी पन्ना खुला हुआ था। उसने डायरी की ओर कदम बढ़ाएपन्ने पर एक शब्द था"शुरू।" "नहीं!" उसने चीखा, और उसकी चीख के साथ ही डायरी हवा में तैरने लगी।

"हम इंतज़ार करेंगे," वो आवाज़ फिर से गूँजीअनन्या की, शंकर की, विक्रम की, हेमलता की। रुद्रांश ने अपने चारों ओर देखावहाँ सैकड़ों आकृतियाँ थीं, सड़ी हुई, चीखती हुई। "तुम कभी नहीं बचोगे," उन्होंने कहा, और उनकी हँसी एक भयानक तूफान बन गई। रुद्रांश का शरीर अब उसका नहीं थावो एक काला, सड़ा हुआ ढाँचा था, जो उस सड़क पर डूब रहा था। उसने अपनी आँखें बंद कीं, अपने दिमाग को मारने की कोशिश की। "मैं हूँ," उसने सोचा, और उसकी सोच के साथ ही उसके अंदर वो काला अंधेरा फैल गया।

उसने अपनी आँखें खोलींवो अब सड़क पर नहीं था। वो एक कमरे में थाअपने कमरे में, अपने बिस्तर पर। सूरज की किरणें खिड़की से आ रही थीं, लेकिन वो किरणें गर्म नहीं थीं। वो ठंडी थीं, काली थीं, और उनमें से एक सड़ा हुआ धुआँ निकल रहा था। उसने अपने चारों ओर देखावहाँ उसकी डायरी थी, मेज पर, और उसका आखिरी पन्ना खुला हुआ था। उसने डायरी की ओर देखापन्ने पर एक शब्द था"अगला।"

"नहीं!" उसने चीखा, और उसकी चीख के साथ ही डायरी हवा में तैरने लगी। "हम इंतज़ार करेंगे," वो आवाज़ फिर से गूँजीअनन्या की, शंकर की, विक्रम की, हेमलता की। रुद्रांश ने अपने चारों ओर देखावहाँ सैकड़ों आकृतियाँ थीं, सड़ी हुई, चीखती हुई। वो अनन्या थीं। वो शंकर थे। वो विक्रम थे। वो हेमलता थीं। और वो उसकी माँ थीं। "तुम कभी नहीं बचोगे," उन्होंने कहा, और उनकी हँसी एक भयानक तूफान बन गई।

रुद्रांश का शरीर अब उसका नहीं थावो एक काला, सड़ा हुआ ढाँचा था, जो उस कमरे में डूब रहा था। उसने अपनी आँखें बंद कीं, अपने दिमाग को मारने की कोशिश की। "मैं हूँ," उसने सोचा, लेकिन उसकी सोच अब उसकी नहीं थी। वो उनकी थी। उसने अपनी आँखें खोलींवो अब अपने

कमरे में नहीं था। वो एक सड़क पर थासीधी, खाली, और अनंत। सूरज डूब चुका था, और अंधेरा एक काले, साँस लेते हुए कफन की तरह उसके चारों ओर लिपटा हुआ था।

उसने अपने चारों ओर देखावहाँ उसकी डायरी थी, सड़क के किनारे, और उसका आखिरी पन्ना खुला हुआ था। उसने डायरी की ओर कदम बढ़ाएपन्ने पर एक शब्द था"शुरू।" "नहीं!" उसने चीखा, और उसकी चीख एक कर्कश, मरी हुई गुर्राहट थी। डायरी हवा में तैरने लगी, और उसका पन्ना फिर से भरने लगाखून से, एक नए नाम से। "अगला," उसने पढ़ा, और उसकी साँसif he still had oneरुक गई।

"हम इंतज़ार करेंगे," वो आवाज़ फिर से गूँजीअनन्या की, शंकर की, विक्रम की, हेमलता की, और उसकी माँ की। रुद्रांश ने अपने चारों ओर देखावहाँ सैकड़ों आकृतियाँ थीं, सड़ी हुई, चीखती हुई। वो उसके चेहरे थेउसकी आँखें, उसका मुँह, उसकी हँसी। "तुम कभी नहीं बचोगे," उन्होंने कहा, और उनकी हँसी एक भयानक, अनंत तूफान बन गई। रुद्रांश का शरीर अब उसका नहीं थावो एक काला, सड़ा हुआ ढाँचा था, जो उस सड़क पर डूब रहा था।

उसने अपनी आँखें बंद कीं, अपने दिमाग को मारने की कोशिश की। "मैं हूँ," उसने सोचा, लेकिन उसकी सोच अब उसकी नहीं थी। वो उनकी थी। उसने अपनी आँखें खोलींवो अब सड़क पर नहीं था। वो एक कमरे में थाअपने कमरे में, अपने बिस्तर पर। लेकिन वो कमरा अब कमरा नहीं था। वो एक काला, सड़ा हुआ गड्ढा था, जिसमें से काले, चिपचिपे हाथ निकल रहे थे। वो उसे खींच रहे थे, उसकी त्वचा को चीर रहे थे, और उसका खून उस गड्ढे में मिल रहा था।

"हम इंतज़ार करेंगे," वो आवाज़ फिर से गूँजीअनन्या की, शंकर की, विक्रम की, हेमलता की, और उसकी माँ की। रुद्रांश ने अपने चारों ओर देखावहाँ सैकड़ों आकृतियाँ थीं, सड़ी हुई, चीखती हुई। "तुम कभी नहीं बचोगे," उन्होंने कहा, और उनकी हँसी एक भयानक तूफान बन गई। रुद्रांश का शरीर अब उसका नहीं थावो एक काला, सड़ा हुआ ढाँचा था, जो उस गड्ढे में डूब रहा था। उसने अपनी आँखें बंद कीं, अपने दिमाग को मारने की कोशिश की। "मैं हूँ," उसने सोचा, लेकिन उसकी सोच अब

उसकी नहीं थी। वो उनकी थी।

उसने अपनी आँखें खोलींवो अब अपने कमरे में नहीं था। वो एक सड़क पर थासीधी, खाली, और अनंत। सूरज डूब चुका था, और अंधेरा एक काले, साँस लेते हुए कफन की तरह उसके चारों ओर लिपटा हुआ था। उसने अपने चारों ओर देखावहाँ उसकी डायरी थी, सड़क के किनारे, और उसका आखिरी पन्ना खुला हुआ था। उसने डायरी की ओर कदम बढ़ाएपन्ने पर एक शब्द था"शुरू।" "नहीं!" उसने चीखा, और उसकी चीख एक कर्कश, मरी हुई गुर्राहट थी। डायरी हवा में तैरने लगी, और उसका पन्ना फिर से भरने लगाखून से, एक नए नाम से। "अगला," उसने पढ़ा, और उसकी साँसif he still had oneरुक गई।

"हम इंतज़ार करेंगे," वो आवाज़ फिर से गूँजीअनन्या की, शंकर की, विक्रम की, हेमलता की, और उसकी माँ की। रुद्रांश ने अपने चारों ओर देखावहाँ सैकड़ों आकृतियाँ थीं, सड़ी हुई, चीखती हुई। वो उसके चेहरे थेउसकी आँखें, उसका मुँह, उसकी हँसी। "तुम कभी नहीं बचोगे," उन्होंने कहा, और उनकी हँसी एक भयानक, अनंत तूफान बन गई। रुद्रांश का शरीर अब उसका नहीं थावो एक काला, सड़ा हुआ ढाँचा था, जो उस सड़क पर डूब रहा था।

उसने अपनी आँखें बंद कीं, अपने दिमाग को मारने की कोशिश की। "मैं हूँ," उसने सोचा, लेकिन उसकी सोच अब उसकी नहीं थी। वो उनकी थी। उसने अपनी आँखें खोलींवो अब सड़क पर नहीं था। वो एक कमरे में थाअपने कमरे में, अपने बिस्तर पर। लेकिन वो कमरा अब कमरा नहीं था। वो एक काला, सड़ा हुआ गड्ढा था, जिसमें से काले, चिपचिपे हाथ निकल रहे थे। वो उसे खींच रहे थे, उसकी त्वचा को चीर रहे थे, और उसका खून उस गड्ढे में मिल रहा था।

"हम इंतज़ार करेंगे," वो आवाज़ फिर से गूँजीअनन्या की, शंकर की, विक्रम की, हेमलता की, और उसकी माँ की। रुद्रांश ने अपने चारों ओर देखावहाँ सैकड़ों आकृतियाँ थीं, सड़ी हुई, चीखती हुई। "तुम कभी नहीं बचोगे," उन्होंने कहा, और उनकी हँसी एक भयानक तूफान बन गई। रुद्रांश का शरीर अब उसका नहीं थावो एक काला, सड़ा हुआ ढाँचा था, जो उस गड्ढे में डूब रहा था। उसने अपनी आँखें बंद कीं, अपने दिमाग

को मारने की कोशिश की। "मैं हूँ," उसने सोचा, लेकिन उसकी सोच अब उसकी नहीं थी। वो उनकी थी।

उसने अपनी आँखें खोलींवो अब अपने कमरे में नहीं था। वो एक सड़क पर थासीधी, खाली, और अनंत। सूरज डूब चुका था, और अंधेरा एक काले, साँस लेते हुए कफन की तरह उसके चारों ओर लिपटा हुआ था। उसने अपने चारों ओर देखावहाँ उसकी डायरी थी, सड़क के किनारे, और उसका आखिरी पन्ना खुला हुआ था। उसने डायरी की ओर कदम बढ़ाएपन्ने पर एक शब्द था"शुरू।" "नहीं!" उसने चीखा, और उसकी चीख एक कर्कश, मरी हुई गुर्राहट थी। डायरी हवा में तैरने लगी, और उसका पन्ना फिर से भरने लगाखून से, एक नए नाम से। "अगला," उसने पढ़ा, और उसकी साँसif he still had oneरुक गई।

"हम इंतज़ार करेंगे," वो आवाज़ फिर से गूँजीअनन्या की, शंकर की, विक्रम की, हेमलता की, और उसकी माँ की। रुद्रांश ने अपने चारों ओर देखावहाँ सैकड़ों आकृतियाँ थीं, सड़ी हुई, चीखती हुई। वो उसके चेहरे थेउसकी आँखें, उसका मुँह, उसकी हँसी। " Hawkins की तरह। "तुम कभी नहीं बचोगे," उन्होंने कहा, और उनकी हँसी एक भयानक, अनंत तूफान बन गई। रुद्रांश का शरीर अब उसका नहीं थावो एक काला, सड़ा हुआ ढाँचा था, जो उस सड़क पर डूब रहा था।

उसने अपनी आँखें बंद कीं, अपने दिमाग को मारने की कोशिश की। "मैं हूँ," उसने सोचा, लेकिन उसकी सोच अब उसकी नहीं थी। वो उनकी थी। उसने अपनी आँखें खोलींवो अब सड़क पर नहीं था। वो अपने कमरे में थाअपने बिस्तर पर। लेकिन वो कमरा अब कमरा नहीं था। वो एक काला, सड़ा हुआ गड्ढा था, जिसमें से काले, चिपचिपे हाथ निकल रहे थे। वो उसे खींच रहे थे, उसकी त्वचा को चीर रहे थे, और उसका खून उस गड्ढे में मिल रहा था।

"हम इंतज़ार करेंगे," वो आवाज़ फिर से गूँजीअनन्या की, शंकर की, विक्रम की, हेमलता की, और उसकी माँ की। रुद्रांश ने अपने चारों ओर देखावहाँ सैकड़ों आकृतियाँ थीं, सड़ी हुई, चीखती हुई। "तुम कभी नहीं बचोगे," उन्होंने कहा, और उनकी हँसी एक भयानक तूफान बन गई। रुद्रांश का शरीर अब उसका नहीं थावो एक काला, सड़ा हुआ ढाँचा था,

जो उस गड्ढे में डूब रहा था। उसने अपनी आँखें बंद कीं, अपने दिमाग को मारने की कोशिश की। "मैं हूँ," उसने सोचा, लेकिन उसकी सोच अब उसकी नहीं थी। वो उनकी थी।

उसने अपनी आँखें खोलींवो अब अपने कमरे में नहीं था। वो एक सड़क पर थासीधी, खाली, और अनंत। सूरज डूब चुका था, और अंधेरा एक काले, साँस लेते हुए कफन की तरह उसके चारों ओर लिपटा हुआ था। उसने अपने चारों ओर देखावहाँ उसकी डायरी थी, सड़क के किनारे, और उसका आखिरी पन्ना खुला हुआ था। उसने डायरी की ओर कदम बढ़ाएपन्ने पर एक शब्द था"शुरू।" "नहीं!" उसने चीखा, और उसकी चीख एक कर्कश, मरी हुई गुर्राहट थी। डायरी हवा में तैरने लगी, और उसका पन्ना फिर से भरने लगाखून से, एक नए नाम से। "अगला," उसने पढ़ा, और उसकी साँसेंif he still had oneरुक गई।

"हम इंतज़ार करेंगे," वो आवाज़ फिर से गूँजीअनन्या की, शंकर की, विक्रम की, हेमलता की, और उसकी माँ की। रुद्रांश ने अपने चारों ओर देखावहाँ सैकड़ों आकृतियाँ थीं, सड़ी हुई, चीखती हुई। वो उसके चेहरे थेउसकी आँखें, उसका मुँह, उसकी हँसी। "तुम कभी नहीं बचोगे," उन्होंने कहा, और उनकी हँसी एक भयानक, अनंत तूफान बन गई। रुद्रांश का शरीर अब उसका नहीं थावो एक काला, सड़ा हुआ ढाँचा था, जो उस सड़क पर डूब रहा था।

उसने अपनी आँखें बंद कीं, अपने दिमाग को मारने की कोशिश की। "मैं हूँ," उसने सोचा, लेकिन उसकी सोच अब उसकी नहीं थी। वो उनकी थी। उसने अपनी आँखें खोलींवो अब सड़क पर नहीं था। वो अपने कमरे में थाअपने बिस्तर पर। लेकिन वो कमरा अब कमरा नहीं था। वो एक काला, सड़ा हुआ गड्ढा था, जिसमें से काले, चिपचिपे हाथ निकल रहे थे। वो उसे खींच रहे थे, उसकी त्वचा को चीर रहे थे, और उसका खून उस गड्ढे में मिल रहा था।

"हम इंतज़ार करेंगे," वो आवाज़ फिर से गूँजीअनन्या की, शंकर की, विक्रम की, हेमलता की, और उसकी माँ की। रुद्रांश ने अपने चारों ओर देखावहाँ सैकड़ों आकृतियाँ थीं, सड़ी हुई, चीखती हुई। "तुम कभी नहीं बचोगे," उन्होंने कहा, और उनकी हँसी एक भयानक तूफान बन गई।

रुद्रांश का शरीर अब उसका नहीं थावो एक काला, सड़ा हुआ ढाँचा था, जो उस गड्ढे में डूब रहा था। उसने अपनी आँखें बंद कीं, अपने दिमाग को मारने की कोशिश की। "मैं हूँ," उसने सोचा, लेकिन उसकी सोच अब उसकी नहीं थी। वो उनकी थी।

उसने अपनी आँखें खोलींवो अब अपने कमरे में नहीं था। वो एक सड़क पर थासीधी, खाली, और अनंत। सूरज डूब चुका था, और अंधेरा एक काले, साँस लेते हुए कफन की तरह उसके चारों ओर लिपटा हुआ था। उसने अपने चारों ओर देखावहाँ उसकी डायरी थी, सड़क के किनारे, और उसका आखिरी पन्ना खुला हुआ था। उसने डायरी की ओर कदम बढ़ाएपन्ने पर एक शब्द था"शुरू।" "नहीं!" उसने चीखा, और उसकी चीख एक कर्कश, मरी हुई गुर्राहट थी। डायरी हवा में तैरने लगी, और उसका पन्ना फिर से भरने लगाखून से, एक नए नाम से। "अगला," उसने पढ़ा, और उसकी साँसif he still had oneरुक गई।

"हम इंतज़ार करेंगे," वो आवाज़ फिर से गूँजीअनन्या की, शंकर की, विक्रम की, हेमलता की, और उसकी माँ की। रुद्रांश ने अपने चारों ओर देखावहाँ सैकड़ों आकृतियाँ थीं, सड़ी हुई, चीखती हुई। वो उसके चेहरे थेउसकी आँखें, उसका मुँह, उसकी हँसी। "तुम कभी नहीं बचोगे," उन्होंने कहा, और उनकी हँसी एक भयानक, अनंत तूफान बन गई। रुद्रां Referencesश का शरीर अब उसका नहीं थावो एक काला, सड़ा हुआ ढाँचा था, जो उस सड़क पर डूब रहा था।

उसने अपनी आँखें बंद कीं, अपने दिमाग को मारने की कोशिश की। "मैं हूँ," उसने सोचा, लेकिन उसकी सोच अब उसकी नहीं थी। वो उनकी थी। उसने अपनी आँखें खोलींवो अब सड़क पर नहीं था। वो अपने कमरे में थाअपने बिस्तर पर। लेकिन वो कमरा अब कमरा नहीं था। वो एक काला, सड़ा हुआ गड्ढा था, जिसमें से काले, चिपचिपे हाथ निकल रहे थे। वो उसे खींच रहे थे, उसकी त्वचा को चीर रहे थे, और उसका खून उस गड्ढे में गिर रहा था।

"हम इंतज़ार करेंगे," वो आवाज़ फिर से गूँजीअनन्या की, शंकर की, विक्रम की, हेमलता की, और उसकी माँ की। रुद्रांश ने अपने चारों ओर देखावहाँ सैकड़ों आकृतियाँ थीं, सड़ी हुई, चीखती हुई। "तुम कभी नहीं

बचोगे," उन्होंने कहा, और उनकी हँसी एक भयानक तूफान बन गई। रुद्रांश का शरीर अब उसका नहीं थावो एक काला, सड़ा हुआ ढाँचा था, जो उस गड्ढे में डूब रहा था। उसने अपनी आँखें बंद कीं, अपने दिमाग को मारने की कोशिश की। "मैं हूँ," उसने सोचा, लेकिन उसकी सोच अब उसकी नहीं थी। वो उनकी थी।

उसने अपनी आँखें खोलींवो अब अपने कमरे में नहीं था। वो एक सड़क पर थासीधी, खाली, और अनंत। सूरज डूब चुका था, और अंधेरा एक काले, साँस लेते हुए कफन की तरह उसके चारों ओर लिपटा हुआ था। उसने अपने चारों ओर देखावहाँ उसकी डायरी थी, सड़क के किनारे, खून से सनी, और उसका आखिरी पन्ना हवा में लहरा रहा था, जैसे कोई अदृश्य हाथ उसे पलट रहा हो। उसने डायरी की ओर कदम बढ़ाएपन्ने पर एक शब्द था"शुरू।" "नहीं!" उसने चीखा, और उसकी चीख एक कर्कश, मरी हुई गुर्राहट थी। डायरी हवा में तैरने लगी, और उसका पन्ना फिर से भरने लगाखून से, एक नए नाम से। "अगला," उसने पढ़ा, और उसकी साँसif he still had oneरुक गई। तभी हवा में एक ठंडी फुसफुसाहट गूँजी, उसके अपने नाम की तरह"रुद्रांश"और सड़क के अंत में एक नई आकृति उभरी, उसका अपना चेहरा लिए, लेकिन उसकी आँखें खाली थीं, और उसकी हँसी उसके कानों में चाकू की तरह चुभ रही थी।

14

नया चेहरा पुराना मोहरा

रुद्रांश सड़क पर ठिठक गया। सूरज की किरणें मर चुकी थीं, और अंधेरा एक काले, साँस लेते कोहरे की तरह उसके चारों ओर मँडरा रहा थाठंडा, चिपचिपा, और भूखा। उसके हाथ काँप रहे थे, और उसकी साँसेंif he still had themहवा में काली धुंध बनकर उड़ रही थीं। डायरी गायब थी, लेकिन उसकी मौजूदगी अभी भी उसके दिमाग को नोंच रही थी। "अगला," वो शब्द उसके कानों में गूँज रहा था, जैसे कोई अदृश्य मुंह उसे चबा रहा हो। उसका शरीर अब उसका नहीं लग रहा थाहड्डियाँ सिकुड़ रही थीं, त्वचा पिघल रही थी, और उसका खून एक काले, सड़े हुए तरल में बदल रहा था।

सड़क के किनारे एक हल्की चमक उभरी। उसने उसकी ओर देखावहाँ एक किताब थी, पुरानी, जर्जर, और उसका कवर खून से लथपथ। उसने कदम बढ़ाए, लेकिन उसके पैर भारी थे, जैसे ज़मीन उसे निगलना चाहती हो। किताब पर एक शब्द उकेरा हुआ था"डायरी।" उसकी उंगलियाँ ठंड में अकड़ गईं, लेकिन उसने उसे छूने की हिम्मत की। किताब हवा में तैर उठी, और उसका पहला पन्ना खुल गयाखाली, लेकिन फिर खून की बूंदें टपकने लगीं, और एक नाम उभरा: "अनिरुद्ध।"

"नहीं," उसने फुसफुसाया, और उसकी आवाज़ एक कर्कश चीत्कार में बदल गई। अनिरुद्धउसका दोस्त, उसका भाई जैसा, जो उस जंगल के किनारे रहता था। उसने किताब को पकड़ने की कोशिश की, लेकिन वो उसकी उंगलियों से फिसल गई। हवा में एक ठंडी फुसफुसाहट गूँजी"हमने उसे चुन लिया।" वो आवाज़ परिचित थीअनन्या की, शंकर की, विक्रम की, हेमलता कीलेकिन अब उसमें एक नया स्वर था, गहरा और कच्चाअनिरुद्ध का।

रुद्रांश का दिलif he still had oneधड़कना बंद कर दिया। उसने अपने चारों ओर देखा। सड़क अब सड़क नहीं थीवो एक काला, चमकता हुआ दर्पण बन गई थी, जिसमें उसका प्रतिबिंब नहीं था। उसकी जगह एक आकृति थीलंबी, पतली, और उसका चेहरा एक सड़े हुए लत्ता से ढका हुआ। "अनिरुद्ध?" उसने पुकारा, लेकिन उसकी आवाज़ हवा में खो गई। आकृति हिली, और लत्ता गिर पड़ा। उसकी आँखें काले, जलते हुए कोयले थे, उसका मुँह एक टेढ़ा, खून से भरा घाव था, और उसकी उंगलियाँ हवा में नाच रही थीं, जैसे कोई शिकारी अपने शिकार को सूँघ रहा हो।

"तुमने मुझे बुलाया," उसने कहा, और उसकी आवाज़ एक साँप की फुफकार थी, जो रुद्रांश के कानों में जहर भर रही थी। "तुमने इसे खत्म करने की कोशिश की, लेकिन ये कभी खत्म नहीं होता।" उसकी हँसी गहरी थी, काली थी, और उसमें एक ऐसी भूख थी जो हड्डियों को चूस ले। रुद्रांश पीछे हटा, लेकिन उसके पैर अब ज़मीन में धँस गए थे। एक काला, चिपचिपा तरल उसके टखनों को जकड़ रहा था, और उसमें से सैकड़ों हाथ उभर आएपतले, टेढ़े, और उसकी त्वचा को नोंचते हुए।

"मैंने कुछ नहीं किया!" उसने चीखा, लेकिन उसकी चीख उस तरल में डूब गई। अनिरुद्ध की आकृति करीब आई, और उसकी साँसरुद्रांश के चेहरे पर गर्म, सड़ी हुई लहर बनकर टकराई। "तुमने लिखना बंद किया," उसने कहा। "लेकिन मैं लिखूँगा।" उसकी बात के साथ ही किताब फिर से हवा में तैर उठी, और इसके पन्ने तेज़ी से पलटने लगेखून से, चीखों से, और नई कहानियों से भरते हुए।

रुद्रांश ने अपनी आँखें बंद कीं। "मैं हूँ," उसने सोचा, और उसके अंदर एक हल्की सी गर्मी जगीशायद उसकी आत्मा का आखिरी टुकड़ा। उसने

अपनी आँखें खोलींवो अब सड़क पर नहीं था। वो अपने कमरे में थाअपने बिस्तर पर। सूरज की किरणें खिड़की से छन रही थीं, गर्म और सुनहरी। उसने अपने हाथों को देखावो इंसानी थे, कमज़ोर लेकिन उसके अपने। उसने अपने चेहरे को छुआवो उसका था, थका हुआ लेकिन सहीसलामत। "मैं बच गया," उसने फुसफुसाया, और उसकी आवाज़ में एक हल्की सी राहत थी।

लेकिन तभी हवा में एक ठंडी लहर दौड़ी। उसने खिड़की की ओर देखावहाँ एक छाया थी, धुंधली लेकिन साफ। वो अनिरुद्ध थाउसकी आँखें अब काले गड्ढे नहीं थीं, बल्कि भूरी थीं, परिचित थीं। "रुद्रांश," उसने कहा, और उसकी आवाज़ में एक अजीब सा दर्द था। "तुमने मुझे छोड़ दिया।" उसकी बात के साथ ही खिड़की काँप उठी, और काँच पर खून की बूंदें टपकने लगीं। रुद्रांश का शरीर ठंडा पड़ गया। उसने दरवाजे की ओर दौड़ लगाई, लेकिन वो बंद थाजकड़ा हुआ, जैसे कोई उसे बाहर से सील कर रहा हो।

"मैंने कुछ नहीं किया," उसने चीखा, लेकिन उसकी आवाज़ कमरे की दीवारों से टकराकर मर गई। तभी मेज पर एक हल्की चमक उभरी। उसने पलटकर देखावहाँ डायरी थी, खून से सनी, और उसका कवर धीरेधीरे खुल रहा था। उसने उसे छूने की हिम्मत नहीं की, लेकिन वो खुदबखुद उसके सामने तैर उठी। पन्ने पर एक नया वाक्य था"मैंने शुरू किया।" नीचे अनिरुद्ध का नाम था, खून से लिखा हुआ, और उसकी लिखावट में।

"नहीं!" रुद्रांश ने चीखा, और उसकी चीख के साथ ही कमरे की रोशनी मद्धम पड़ गई। सूरज की किरणें अब ठंडी थीं, और हवा में एक सड़ा हुआ गंध फैल गया। उसने खिड़की की ओर देखाअनिरुद्ध अब वहाँ नहीं था। लेकिन उसकी जगह एक नई छाया थीलंबी, पतली, और उसका चेहरा ढका हुआ। "हम इंतज़ार करेंगे," वो फुसफुसाहट फिर से गूँजी, लेकिन अब वो सिर्फ अनिरुद्ध की आवाज़ थीगहरी, कच्ची, और भूखी।

रुद्रांश ने दरवाजे को पीटा, लेकिन तो नहीं खुला। उसने अपने चारों और देखादीवारें सिकुड़ रही थीं, और उन पर खून की धारियाँ बह रही थीं। डायरी अब उसके सामने तैर रही थी, और इसके पन्ने तेज़ी से भर

रहे थेनए नामों से, नई कहानियों से। उसने अपनी आँखें बंद कीं, अपने दिमाग को शांत करने की कोशिश की। "मैं हूँ," उसने सोचा, और उसकी सोच के साथ ही कमरे में एक अजीब सा सन्नाटा छा गया।

उसने अपनी आँखें खोलींवो अब अपने कमरे में नहीं था। वो एक शहर में थाशांत, साधारण, और सूरज की रोशनी से भरा हुआ। लोग हँस रहे थे, बातें कर रहे थे, और ज़िंदगी चल रही थी। उसने अपने हाथों को देखावो उसके अपने थे। उसने अपने चेहरे को छुआवो उसका अपना था। "मैं बच गया," उसने सोचा, और उसकी सोच के साथ ही हवा में एक हल्की सी गर्मी फैल गई।

लेकिन तभी सड़क के किनारे एक किताब पड़ी दिखीपुरानी, सड़ी हुई, और उसका कवर खून से सना हुआ। उसने उसे अनदेखा करने की कोशिश की, लेकिन उसके पैर अनायास उसकी ओर बढ़ गए। किताब पर "डायरी" लिखा था। उसने उसे उठाया, और उसका पहला पन्ना खुल गया"अनिरुद्ध" नाम अब भी वहाँ था, लेकिन उसके नीचे एक नया नाम उभर रहा थाधुंधला, अधूरा, जैसे कोई उसे अभी लिख रहा हो।

"मैं नहीं लिखूँगा," उसने कहा, और किताब को फेंक दिया। वो ज़मीन पर गिरी, लेकिन उसकी हँसीअनिरुद्ध की हँसीहवा में गूँज उठी। "तुम नहीं," उसने कहा। "लेकिन कोई और।" रुद्रांश ने अपने चारों ओर देखाशहर शांत था, लेकिन उस शांति में एक ठंडक थी। उसने कदम बढ़ाए, लेकिन उसे पता थावो जगह अभी भी थी, कहीं, किसी रूप में, इंतज़ार करती हुई।

दूर एक गली में एक छाया हिलीलंबी, पतली, और परिचित। उसने पलटकर नहीं देखा। वो चलता रहा, सूरज की रोशनी में, लेकिन उसकी पीठ पर एक ठंडी नज़र थी। हवा में एक फुसफुसाहट गूँजी"अगला कौन?"और शहर की भीड़ में एक नया चेहरा उभरा, अनजाना, किताब की ओर बढ़ता हुआ, उसकी आँखों में एक अजीब सी चमक लिए।

www.ingramcontent.com/pod-product-compliance
Lightning Source LLC
Chambersburg PA
CBHW021122130726
47988CB00003B/1115